Knaur®

Von Heidemarie Hirschmann sind außerdem erschienen:

Nacht um Nacht (Band 2558)
Heidemarie hoch zwei (Band 2582)

Dieses Buch wurde auf chlor- und säurefreiem Papier gedruckt.

Vollständige Taschenbuchausgabe August 1992
Droemersche Verlagsanstalt Th. Knaur Nachf., München

Umschlaggestaltung Adolf Bachmann, Reischach
Umschlagfoto Silvestris / New Photo
Druck und Bindung Elsnerdruck, Berlin
Printed in Germany
ISBN 3-426-71003-X

2 4 5 3 1

Heidemarie Hirschmann

Scotch ohne Eis

Roman

Knaur®

Inhalt

Männer ohne Mitleid

Ich hatte alles versucht: Meine Bluse stand bis zum Bund offen, und der Wind auf der Rheinbrücke umspielte meine Brüste. Mein Kostümrock hatte sich selbständig gemacht und sein Saum rutschte zwischen Oberschenkel und Nabel so hin und her, daß es einen italienischen Zöllner vollkommen verrückt gemacht hätte – nicht aber die Franzosen der neuen Ära:

»Non, Madame, non et non«, hieß es auf der Brücke zwischen Kehl und Straßburg. »Sie seinen aine Öööstreischerin, und Sie 'aben keine Visa... Sie mussen zuruck, Madame...«

Das hatte ich nun davon, daß ich, gebürtige Augsburgerin, mich am Mondsee seßhaft gemacht hatte, und daß ich Österreicherin geworden war, weil Schriftsteller in diesem Land keine Mehrwertsteuer zu bezahlen brauchen wie im Lande der Dichter und Denker: Die Franzosen ließen nur EG-Bürger ohne Visum einreisen, alle anderen waren ihnen als Bombenleger verdächtig und hatten gefälligst draußen zu bleiben, *parbleu!*

Nun, ich ließ mich noch nicht entmutigen, schließlich hat Frankreich eine lange Grenze, und viele Zöllner bedeuteten viele Möglichkeiten. Ich wollte ein paar Kilometer den Rhein entlang nach Norden, ich erinnerte mich nämlich an eine sehr gemütliche kleine Fähre, die bei Drusenheim wie in alten Zeiten den Rhein überquerte und auch für ein paar Autos Platz hatte, und die drei Meter achtzig meines Civic, die würden ja wohl kein Vermögen kosten.

Ich zockelte vorsichtig die Böschung hinunter, alles sah aus wie immer. Der *Ferge* ließ mich wortlos auf die Plattform, und erst als ich in der Mitte des Stromes war, schlenderte ein Flic heran und erkundigte sich nach meinem Fahrziel. Ich wollte ja eigentlich nach Nancy, ahnte aber, daß diese Stadt die Fantasie des Gestrengen zu wenig beschäftigen würde und sagte darum:

»Ich fahre nach Nuits Saint Georges, Monsieur, wie jedes Jahr.«

Nun sind diese Silben ein Zusammenklang, der jeden Franzosen die Augen verdrehen läßt in Gedanken an die herrlichen Weine, die es rund um das Fünftausend-Einwohner-Städtchen an der Côte d'Or seit jeher gibt. Auch der Frager bekam einen Augenblick lang einen träumerischen Ausdruck im Gesicht, sah dann aber das A auf meinem Wagen und stellte, kaum daß er es entdeckt und mich gemustert hatte, die Gretchenfrage nach dem Visum.

»Aber, Monsieur... Österreich will ohnedies in die EG...«

»EG?«

»Ich meine: in den *Marché commun*...«

»Wollen, wollen! O lala!« schrie er skandalisiert. »Sie sind auf französischem Boden, Madame...«

Wir waren allenfalls auf deutsch-französischem Wasser und einem neutralen Bohlenboden.

»Sie sind auf französischem Boden ohne Visum, ich muß Sie festnehmen, Madame...!«

Ich weiß nicht, wie es meinen Leserinnen und Lesern geht, aber ich persönlich, ich habe etwas gegen dieses Wort und vor allem gegen die Zores, die damit verbunden sind (vom talmudischen *zoroh*, soviel wie Not: ›Es ist genug an de Zores, wenn se da sind‹). Nun, sie waren da, der wollte mich festnehmen und ich drehte durch: Um ihm nicht auf französischem Boden ausgeliefert zu sein, sprang ich von der Fähre kurzerhand in den Rhein, der hier zwischen Elsaß und Baden ja noch ziemlich sauber ist. Meinen Wagen würde man schon an das deutsche Ufer zurückbefördern lassen...

Ein Restchen Vernunft mußte den Herren Zöllnern gesagt haben, daß eine leichtbekleidete Frau nicht allzu viele Bomben bei sich haben könne, beziehungsweise daß sie, von hundert Kilogramm Bomben beschwert, nicht so kurzerhand in den Rhein springen würde. Man beschoß mich also nicht, ich schwamm in meiner Aufregung viel zu lange mit der Strömung nordwärts, und als ich, gegen die Nässe meiner Kleider antrabend, außer Atem wieder am deutschen Landungsplatz eintraf, stand auch mein kleiner Civic mit all meinen Utensilien wie ein braver treuer Esel am Ufer und wartete auf mich. Ich hätte ihn umarmen können, aber dazu war er eben doch ein wenig zu groß, also versuchte ich, möglichst ungesehen hineinzukommen. Der Schlüssel steckte, wie es auf den Fähren Vorschrift ist, und ich brauste ab, naß, verzweifelt, verärgert über Frankreich, über mich selbst und über meinen schönen Kostümrock, der nur noch eine nasse Wurst um meine Lenden war und keinesfalls ein präsentables Kleidungsstück.

Irgendwo in den Rheinauen, an einem der wenigen Fleckchen, wo es mehr Gebüsche als Kraftwerke und Tankstellen gibt, zog ich mich so radikal aus, wie es keine Zollbeamtin der beteiligten Nationen jemals erreicht hätte, denn ich war naß bis auf die Haut und so wütend, daß ich das nasse Zeug am liebsten auch noch zerfetzt hätte. Unter der offenen Heckklappe stehend, über meine Koffer gebückt, suchte ich gerade nach trokkener Wäsche, als ich auf einmal Zweige knacken hörte und im nächsten Augenblick auch schon eine Männerstimme:

»Sie wissen schon, daß das hier kein Nacktbadegelände ist?«

Ein Grenzschutzbeamter, einen Hund an der Leine, stand mir gegenüber und musterte mich mit unprofessionellem Behagen. Ich hielt mir vors Dreieck, was ich gerade in der Hand hatte, stieß mir vor Aufregung den Kopf an der Heckklappe über mir und antwortete entrüstet:

»Ich bade doch gar nicht!«

»Aber Sie haben nichts an, Fräulein!«

»Weil meine Kleider... weil alle meine Sachen naß sind!«

»Also haben Sie ja doch gebadet!«

»Aber bekleidet, und wie bekleidet!« schrie ich. »Und jetzt verschwinden Sie, ich ziehe mich schnell an und dann können Sie weiterfragen, *d'accord?*«

Genau das hätte ich nicht sagen sollen, denn eben dieses kleine Wort scheint an der deutschen Westgrenze jeder zu kennen, seit der große de Gaulle verboten hat, auf Befehle, die er von sich gab, mit *d'accord* zu antworten.

»Ach, Sie kommen von drüben!« rief der Mann interessiert und wurde ungemein fröhlich, denn nun mußte er sich geradezu gezwungenermaßen und von Amts wegen mit der nackerten Heidemarie befassen.

»Darf ich mir trotzdem schnell irgend etwas anziehen?« fragte ich, wartete aber keine Antwort ab, denn der Mann ging gerade scharf äugend um meinen Wagen herum. Vielleicht suchte er ihn nach Schwimmhäuten ab oder nach einem Schnorchel-Auspuff, denn irgendwie mußte ja auch der Wagen über den Rhein gekommen sein.

Nun, ich will es nicht zu spannend machen, schließlich soll man die Vorgeschichte nicht über Gebühr auswalzen. Jedenfalls saß ich eine halbe Stunde später in Jeans und T-Shirt in einer kleinen aufgelassenen Grenzstation hinter einem langen Rhein-Damm. Zwei junge Beamte trockneten mit einem Fön meine Siebensachen, und jener, der mich entdeckt hatte, tippte mit einem Finger, die Zunge zwischen den Zähnen, meinen Bericht.

Als er den Schriftsatz beendet hatte, erhellte die Erleichterung sein Gesicht; er ging Kaffee kochen, und seine jungen Kollegen überreichten mir errötend meine Unterwäsche und die Bluse.

»Nur der Rock, Fräulein Hirschmann... der braucht noch ein Weilchen«, sagte einer von ihnen, »den müssen Sie im Wagen obenauf legen...«

»Oder an die Antenne binden«, riet der andere, »viel größer als eine Flagge ist er ohnedies nicht mehr!«

Damit hatte er freilich recht, und ich konnte nur hoffen, daß dort, wohin ich in diesem Sommer noch gelangen würde, die rechtsrheinisch noch zögernd vormarschierende Minirockmode bereits couragierter zurückgekehrt sein würde.

»Aber jetzt im Ernst, meine Herren«, sagte ich, nachdem ich mich für Unterstand und Fürsorge bedankt hatte, »wie komme ich als österreichisches Hascherl nun wirklich nach Frankreich hinein? Ich habe in einem entzückenden Schloßhotel einen Aufenthalt gebucht und teilweise vorausbezahlt; ich bin dort mit Freunden aus Paris verabredet, ja, ich soll sogar mit einem französischen Verleger über eine Sammelausgabe meiner lockeren Bücher verhandeln...!«

Die drei sahen einander an, lächelten verschmitzt, und dann war es jener, der mich im Buschwald entdeckt hatte, der mit einer Möglichkeit herausrückte: Sie wollten mich in eine Uniform stecken, eine Motorbootpatrouille mit mir fahren und mich hinter ein paar Schilfstauden am elsässischen Ufer aussetzen!

»Die Uniform, Fräulein Hirschmann«, sagte der Mann und seine Augen glänzten, »die müßten Sie dann allerdings ausziehen und uns wieder mitgeben...«

Ich überlegte, aber ich kam auf keinen grünen Zweig. Das Auto konnte man stehen lassen und ein anderes mieten. Das Gepäck ließ sich reduzieren, und der Uniform-Striptease war zu überstehen, wenn man genug drunter anhatte. Aber was passierte, wenn ich in Frankreich in irgendeine Kontrolle kam, wenn ich mit dem Leihwagen einen Unfall hatte oder sich etwas Unvorhergesehenes ereignete?

»Nein«, sagte ich trotzig, »jetzt will ich *ich* nicht mehr. Wenn die Schloßhotelbesitzer nicht genug Einfluß auf die Regierung haben, um ihre Gäste über die Grenze zu schleusen, dann kann mir das ganze Land gestohlen bleiben... Ich telegrafiere ab und verbringe meinen Urlaub... ja, wo verbringe ich den?«

»Im Schwarzwald, Fräulein Hirschmann«, antworteten die drei im Chor und ihre Augen leuchteten wie die von drei braven Dachshunden, denen man eine dicke Wurst hinhält (dabei bin ich vor dem Urlaub immer so schön schlank, erst hinterher traue ich mich nicht mehr auf die Waage!).

»Ihr seid absolut die nettesten Grenzschutzbeamten, die mir je untergekommen sind«, sagte ich, »ich will auch vergessen, daß einer von euch so andächtig gelurt hat, ehe er mich anrief, denn schließlich hätte ich mir denken können, daß die Auwälder am Rhein nicht völlig menschenleer sind. Nein, das Land dieser mitleidslosen Männer kann mich gernhaben, ich fahre nach Belgien...«

»Oohch!« machten die drei enttäuscht.

»Abwarten: Ich fahre nach Belgien, besteige eine Fähre und verbringe meinen Urlaub jenseits des Ärmelkanals, im guten alten England!«

»Und was wird aus uns?« wollte der Waldläufer wissen, der mich entdeckt hatte. »Hier ist doch überhaupt nichts los, seit unser Posten kein Grenzübergang mehr ist. Zweimal im Jahr Demonstrationen gegen deutsche oder französische Atomkraftwerke, das sind hier die Großereignisse. Wann findet man schon so etwas wie Sie in diesem stickigen Auwald...!«

Ich konnte ihm nicht helfen, so sehr ich seine Frustration begriff.

»Hier, meine Freunde«, sagte ich und drückte ihnen einen schön verzierten Gutschein in die Hand, »das bedeutet freien Eintritt ins Goethe-Museum zu Sesenheim, ein Museum, wo man auch gut essen und trinken kann. Dort sehen Sie entzückende Silhouetten von einer Pfarrerstochter, die sich nach dem Frankfurter Studiosus Goethe die Augen ausgeweint hat. *Das* ist Trennungsschmerz, aber nicht diese flüchtige Sympathie, die Sie in Ihrer dienstlichen Langeweile für eine nackerte Grenzgängerin empfinden. Auf Wiedersehen beim nächsten Mal!«

So fuhr ich also durch ein Land, in dem ich mich auch vor der Einführung von Autobahngebühren nur sehr selten und stets nur für sehr kurze Zeiträume aufgehalten hatte, durch Belgien. Da ich überzeugt bin, daß jedes Land irgendwo ein schönes Fleckchen hat, möchte ich den Belgiern beider Zungen nicht zu nahe treten; gewiß gibt es irgendwo zwischen Ardennen und Eifel ein paar Quadratkilometer, auf denen man erholsam Urlaub machen könnte, und wäre mir danach zumute gewesen, ich hätte mir gewiß auch das öde Schlachtfeld von Waterloo angesehen; aber mein eigenes Waterloo bei Drusenheim reichte mir vollkommen. Ich hüpfte mit meinem Wägelchen im letzten Augenblick in das gewaltige Maul einer Autofähre, wechselte an Bord meine Francs zu einem Jammerkurs in englische Pfunde und kurvte mit neuem Lebensmut über die Schlangen-Fahrbahn von Dover.

»Ich verstehe nicht, warum Sie nicht in Ostende geblieben sind«, hatte mir bei einem kurzen Gespräch an der Ferry-Bar eine hübsche Neunzehnjährige gesagt, »dieser James Ensor ist doch himmlisch, den kann man sich doch täglich ansehen.«

»Und warum sind Sie nicht geblieben?« wollte ich wissen, denn ich erinnerte mich, daß mir Ensors Kannibale, der in einen weißen Mädchenschenkel beißt, vor fünfzehn Jahren auch sehr starken Eindruck gemacht hatte.

»Mein Gott«, sagte sie entrüstet, »*ich* bin doch jung, was soll ich in einem Mütterparadies wie diesem Ostende!«

Na ja. Ich kippte meinen Genever, stellte fest, daß die stämmige Braut, die mich als Mutter tituliert hatte, gut zehn Kilo mehr auf die Matte brachte als ich und trollte mich zu meinem Wagen. Es hatte eine Zeit gegeben, da hatte ich auf die Frauen und Mädchen mehr Eindruck gemacht als auf die Männer. Diese Zeit also war offenbar vorbei. Somit blieb abzuwarten, wie ich auf die angeblich so kühlen Briten wirken würde, bei den süßen Engländerinnen brauchte ich mir keine Chancen mehr auszurechnen. Und brauchte ich überhaupt diese Chancen? Hatte ich nicht dank der üppigen Buchhonorare Geld genug, um in meinem Urlaub nur an die Erholung zu denken oder allenfalls an ein neues Buch? Aber das war es eben: Wir Frauen fahren doch alle in die Ferien mit der uneingestandenen Erwartung, daß sich mindestens eine interessante oder doch nette und vielleicht zumindest angenehme Bekanntschaft ergeben würde. Nicht die große Liebe, o nein, dann nämlich war die Erholung beim Teufel, nur ein paar Höflichkeiten, Gespräche, ein kleiner Promenadenflirt, den man ohne Bedauern vergessen durfte, wenn die Stunde der Heimkehr schlug. Und da kam nun dieses Gör daher und wollte mich an einen Familienstrand verbannen!

Ich brauchte eine Weile, um mich zu beruhigen. Ostende! Da wäre ja Deauville noch besser gewesen, aber das lag eben in Frankreich. Diese alten Seebäder hatten zweifellos ihren Reiz, mit den schönen Promenaden zum Flanieren, den Casinobauten in der Mitte im Bahnhofstil der Gründerzeit, den geräumigen Hotelzimmern, den Kellnern aus der *Belle Epoque.* Aber die Nostalgien, die man sich leistet, will man eben selbst aussuchen und nicht vor den Latz geknallt kriegen!

Einmal auf der Insel angekommen, fühlte ich mich dann aber bald besser. Zur Paßkontrolle mußte man gar nicht aussteigen, das war schon ein wenig britische Höflichkeit, nicht übertrieben, aber praxisgerecht, und als ich dem netten Beamten durchs Autofenster versicherte, es handle sich um einen Studienaufenthalt, da las er meinen Namen noch einmal, setzte ein breites Grinsen auf und bekannte, einige meiner Titel zu kennen, man dürfe es nur nicht allzulaut sagen: Die große Queen Victoria sei nun zwar beinahe hundert Jahre tot, aber ein letzter Hauch ihrer sprichwörtlichen Prüderie geisterte noch durch die englischen Mittelstände. Wenn es so war, mir konnte es recht sein, denn nirgendwo wird mehr erotische Literatur gekauft als in prüden Gegenden...

Hinter Dover stieg das Land leicht an, was meinem Wagen überhaupt nichts ausmachte. Nur, daß ich nun links fahren und rechts überholen mußte, war ein schreckhaftes Erlebnis, saß ich doch links und sah überhaupt nichts, ganz abgesehen davon, daß die Straßen keine Bankette besaßen, sondern schlichte Hohlwege waren, in die Böschungen eingeschnitten oder zwischen Hecken dahinführend! Glücklicherweise waren die Entfernungen nicht groß; alle Ziffern auf den Richtungstafeln wirkten erstaunlich niedrig, bis ich herausfand, daß die Entfernungen in Meilen angegeben waren – die zweite Pleite...

Während ich, um nicht überholen zu müssen, hinter einem breiten Lastwagen dahinzockelte, auf Canterbury zu, überlegte ich, daß dies alles auch wieder nur die männliche Unbarmherzigkeit war. Sie hatten mit uns Frauen und unseren kleinen Fehlern eben kein Mitleid, und da ich mich in einem Land befand, dessen Regierungschef eine Frau war, entwarf ich in Gedanken und während ich mit fünfzig Meilen in der Stunde dahinrollte, einen langen Brief an Mrs. Thatcher. Darin wollte ich zunächst einmal gegen das Linksfahren protestieren, verwechseln wir Frauen doch ohnedies immer links und rechts. Welch heilloses Durcheinander mußte entstehen, wenn nun die männlichen Autofahrer auf einmal annehmen mußten, wir seien im Recht und sie selbst führen auf der falschen Straßenseite! Und das mit den Meilen war auch nichts anderes als die bekannte männliche Bequemlichkeit. Irgendwann seit Robin Hood hätte man doch wirklich das metrische System einführen und uns das Leben damit erleichtern können!

Alter Rasen, alte Sünden

In dem Kreisverkehr vor der alten Innenstadt von Canterbury hätte es mich um ein Haar zum erstenmal erwischt, weil ich zu eifrig nach Hotels Ausschau hielt und zu wenig auf die für mich kaum sichtbaren Wagen achtete, die von rechts hinten heranschossen, und ich saß doch links . . .! Es quietschte, ein paar Herren schimpften mit durchaus unbritischer Deutlichkeit auf mich ein, und ich rettete mich mit knapper Not auf einen Parkplatz, wo nach einem ausgeklügelten, aber immerhin logischen System Scheinchen mit verschiedenen Parkzeiten verteilt wurden. Da ich mir glücklicherweise auf dem Fährschiff ein paar Münzen besorgt hatte, durfte ich für zwei Stunden aufatmen und zu Fuß gehen; das würde ja wohl nicht wesentlich komplizierter sein als bei uns zu Hause!

Es war nicht nur nicht komplizierter, es war ungleich erholsamer: Canterbury hatte ein stilles grünes Herz, bestehend aus jenen Rasenflächen, von denen man sich so viele niedliche Anekdoten erzählt. Aber sie strömten wirklich den Frieden von Jahrhunderten aus, und mir wurde klar, daß ich mich auf dieser Insel in anderen Zeiten bewegte: niemand ging schnell! Selbst junge Paare hasteten nicht zwischen den altersgrauen Mauern einher, sondern schritten selbander geruhsam über die Wege. Es war unwirklich still in diesem Bezirk zwischen alten Universitäts-, Bibliotheks- und Klostergebäuden, und in der Kathedrale umfing mich vollends jene steinerne Stille, in der man selbst kaum die Stimme zu erheben wagt.

Mir schoß so allerlei durch den Kopf, schließlich hat es nicht in jeder Kathedrale einen Mord gegeben! Ich suchte als Kind des zwanzigsten Jahrhunderts die Fliesen nach den Blutflecken ab und schalt mich eben wegen solcher Sensationslust, als ich plötzlich höchst irdische Geräusche vernahm, nur wenige Meter von mir entfernt, hinter einer dicken Säule: da kicherte ein Mädchen mit jenem unnachahmlichen Tonfall, den weibliche Stimmbänder hervorbringen, wenn sich männliche Hände an gewissen Körperpartien zu schaffen machen.

Da sollte denn doch! Eben wollte ich den Heiligen dieser ehrwürdigen Kirche bemühen, um dieses lästerliche junge Paar zu vertreiben, als ich die zwei auch schon entdeckt hatte, so aneinander verloren, daß sie den Schritt meiner Tennisschuhe nicht hatten hören können. Ich wage kaum, das Bild zu beschreiben, so unheilig war es, und wenn man auch von der mittelalterlichen Geistlichkeit so allerlei gehört hatte und von den Pilgerfahrten nach Canterbury im Besonderen, dieser kernige Coitus im Sitzen schlug alles, was sich der alte Chaucer in seinen Versen zu erzählen erlaubt hatte. So jung und schon so verdorben, daß eine alte Kirche herhalten mußte, um die Lust zu steigern!

Ich bin gewiß kein Kind von Traurigkeit, aber diesmal sprang ich hinzu wie der Teufel aus der Schachtel, baute mich zornsprühend vor dem jungen Paar auf und – erkannte die neunzehnjährige Göre vom Fährschiff, die mir geraten hatte, doch lieber am Strand von Ostende zu bleiben.

»Ah, da schau her!« sagte ich eiskalt und schonungslos. »Anderen Ratschläge geben, selbst aber benimmt sie sich wie...«

»Bitte, sagen Sie nichts, Madame«, bat das Mädchen, sprang so plötzlich von ihrem Sitz, daß ein wichtiger männlicher Körperteil ratlos herumstand und strich das Röckchen zu den Knien hinab, »ich weiß, daß ich mich unmöglich benommen habe..., aber wir sind auf unserer ersten gemeinsamen Reise, wir haben uns auf diese... diese Pause in der elterlichen Überwachung so gefreut, daß wir einfach nicht warten konnten!«

»Ja, auf die Elterngeneration sind Sie nicht gut zu sprechen«, antwortete ich, »das habe ich schon bemerkt. Aber mußte es denn ausgerechnet diese herrliche Kathedrale sein? Jenseits des Kirchenbezirks liegen stille Gassen, ich habe sogar ein italienisches Restaurant entdeckt, in dem ich gleich essen werde... Man kann sich doch ein Zimmer suchen!«

Der junge Mann, unendlich schlank, unendlich blond und auch ziemlich groß, hatte sich in tödlicher Verlegenheit bedeckt und dabei erhoben. Er verbeugte sich nun, tat das falscheste, was man in dieser Situation tun konnte – er stellte sich vor –, und schloß daran durchaus richtig eine Einladung zum Mittagessen an.

Er hieß Eugen von der Eulenburg und versicherte, dies sei kein Pseudonym, er sei ein mährischer Adeliger, die Eulenburg liege zwischen Sternberg und dem Altvatergebirge (was ein ziemlich weites Feld ist), und er habe seine Freundin Melitta eingeladen, eine Reise zu englischen Verwandten zu machen – die Uylenburgh in Cornwall seien nämlich die einzige Nebenlinie, mit der seine Familie noch in freundschaftlichem Kontakt stehe.

Nun bitte, von einem so hochgeborenen Herrn, auch wenn er noch ziemlich jung war, konnte man sich jedenfalls einladen lassen. Wir einigten uns sehr schnell darauf, den Fährnissen der britischen Küchen erst dann zu begegnen, wenn es sich nicht mehr vermeiden ließ. Dieses italienische Restaurant nämlich am Hinterausgang des Kathedralenbezirks sah nach erstklassiger Küche aus, und wenn ich mich nicht irre, haben hier auch schon Mitterand und Mrs. Thatcher gegessen, als es um die Gespräche über den Ärmelkanaltunnel ging (ein Beweis von britischer Großzügigkeit: welcher andere Staatschef hätte sich bereit gefunden, einen Staatsgast mit einer anderen als der nationalen Küche zu beglükken. Mitterand hätte es überlebt wie einst Benjamino Gigli...).

Nach Tisch wurden wir dann alle drei müde, wozu meine jungen Gefährten schließlich noch mehr Grund hatten als ich, und wir machten uns gemeinsam auf die Zimmersuche. Aber Canterbury ist klein; jeder, der von den Fähren kommt, fällt gleichsam hinein in diese entzückende alte Stadt, und so war alles, was wir nach einer Stunde zu Fuß erhalten konnten, ein Dreibettzimmer in einem Tudor-Palast, der seit jenen Tagen vermutlich immer nur beim Thronwechsel gereinigt worden war.

»Bitte, Frau Hirschmann«, flüsterte Melitta an meinem Ohr, da ich die Verhandlungen führte, »bitte, nehmen Sie's, wir fallen um vor Müdigkeit, wir werden Sie nicht stören!«

Dessen war ich zwar keineswegs sicher, aber als ich den großen, gewölbten Raum sah, die mittelalterlichen Nischen für die Fenster und die Betten – ein überdimensioniertes und ein zweites, immer noch geräumiges –, da bereute ich den schnellen Entschluß nicht mehr.

»Also gut«, sagte ich, »aber jetzt wird geschlafen, o. k.?«

Sie ließen mir natürlich den Vortritt im Bad, und das war auch sehr gut so, denn sie gingen selbstverständlich zu zweit in das kleine Gemach, und der Herr von der Eulenburg führte sich dort offensichtlich erwartungsgemäß auf, denn ich hörte wiederum dieses erfreut-skandalisierte Gequietsche, nur daß wir uns diesmal glücklicherweise in keiner Kathedrale befanden.

Ich war fürs erste einmal eingeschlafen, während die beiden sich nebenan vergnügten, und wachte erst wieder auf, als sie leise lachend und schäkernd einander aus dem Bad drängten. Im Licht der Nachttischlampe sah ich, daß sie sich nicht die Mühe gemacht hatten, für das Bett noch etwas anzuziehen. Rosig dampfend wie ein gebrühtes Schweinchen trippelte Melitta im Lichtstreif der Neonlampen aus dem Bad auf das Riesenbett zu, hinter ihr folgte schlaksig und mit einem unendlich langen, aber dünnen Pimmel, Eugenius, ihr Ritter. Ich wußte, daß die Pariserinnen diese Ausrüstung bei Männern besonders schätzen und daß darum die Nordafrikaner in Boudoirs Zutritt gefunden haben, in denen sie sich bei Tage niemals blicken lassen dürften, und noch im Einschlafen beschäftigten mich genealogische Hypothesen, auf welche Weise die Herren von der Eulenburg zu solchem Gliederbau gekommen seien – ob da etwa allzu intensive Kreuzzugs-Eskapaden die Schuld trugen?

In der Nacht hielten die zwei an sich. Mährischer Adel, das war praktisch altes Österreich, man wußte also, was sich gehörte, und da beide noch tief schliefen, als ich ins Bad ging, erwies sich das gemeinsame Zimmer zumindest für diese eine Nacht als eine passable Lösung. (So sehr ich es auch hasse, die Dritte zu machen, die Duenja, den Anstandswauwau, der hier ja tatsächlich völlig überflüssig war und nichts mehr zu bestellen hatte.)

Ich trocknete mich eben ab und spähte dabei durch ein

kleines Fenster hinunter auf eine ziemlich belebte Kreuzung, als es leise und schüchtern an die Tür pochte. Ich wand das Badetuch um mich und rief herein, aber es war natürlich nicht der Herr von Eulenburg, sondern seine Melitta, die sich in einem Hauch von Nachthemd hereinschob.

»Habe ich zu lange gebraucht?« fragte ich schuldbewußt. »Sie wollen wohl schon bald weiterfahren?«

»Aber nein... bitte nein, Frau Hirschmann... Oder darf ich Heidemarie sagen?« bat das Mädchen verlegen.

Ich lächelte sie beruhigend an, sie war so verwirrt, daß sie kaum ein Wort hervorbrachte; da sie aber so gut wie nichts auf dem Leib hatte, war der Anblick dieser Verwirrung äußerst lieblich und ich wüßte mindestens zwei Herren, einen in Salzburg und einen in München, die solche Situationen in Gold aufgewogen hätten.

»Gut«, meinte ich und streckte ihr die Hand hin, wobei sich allerdings das Badetuch von meinem Leib löste, »sagen Sie Heidemarie, wenn Sie wollen!«

»O. k.«, stammelte sie erleichtert, »ich sage Sie, Sie aber bitte, Sie müssen du zu mir sagen, ich bin doch noch so jung.«

Sie konnte es nicht lassen! Vermutlich aber war es nicht Bosheit, sondern nur Ungeschick.

»Ich habe die Wanne saubergemacht, gehen Sie ruhig rein«, schlug ich vor, »ich wasche mir hier am Becken die Haare... Ich dreh' mich nicht um!«

»Aber ich bitte Sie, Heidemarie«, zirpte Melitta hinter mir, »unter uns Frauen! Ich wollte Sie sogar bitten, mir eine paar Ratschläge zu geben, ich meine hinsichtlich meiner Figur... Sie haben doch soviel Erfahrung!«

Woher wollte sie das schon wieder wissen? Sie hatte ihr Schleierhemdchen über den Kopf gezogen, war auf die Waage gestiegen und stand nun, mit aneinandergepreßten Schenkeln, auf dem schwankenden Gerät, das die Ziffern in einer vergrößernden Lupenöffnung zeigte: Die Kleine wog tatsächlich 69 Kilo, und das bei einer Größe von höchstens 164 Zentimetern!

»Nun ja«, sagte ich, »von einer Italienreise würde ich abraten, aber da wir ja beide eben in England gelandet sind, steht zu hoffen, daß Sie... daß du in vierzehn Tagen, wenn du dich wieder auf die Fähre begibst, vielleicht nur noch fünfundsechzig Kilo wiegst.«

»Und wieviel sollte ich wiegen?« fragte sie und blickte mich aus kugelrunden braunen Augen so ängstlich an, als hinge von meinem Verdikt ihr Leben ab.

»Du hast das Glück einer sehr harmonischen Figur«, sagte ich. »Bei uns im Salzkammergut nennt man das eine Dirndlfigur: kräftiger Unterbau, schlanke Taille, gute Brust, schöne, ausladende Schultern. Du siehst auch mit diesem Übergewicht noch sehr appetitlich aus, und dein Eugen hat bestimmt viel Spaß an all diesen Rundungen und sonstigen Weichteilen... Aber solltet ihr heiraten, sollte es eine feine Hochzeit geben mit großer Garderobe, dann wirst du deine Nöte haben.«

Sie senkte den Kopf, ihre Unterlippe zuckte, und auf einmal fiel mir die ganze nackerte Melitta um den Hals.

»Ach, Heidemarie«, schluchzte sie, »die Burschen aus dem Dorf, denen hab' ich immer so gefallen, die haben g'sagt, ich bin ein Madl, wo all's dran ist... Und dene feine Leit, dene kann man's doch gwiß nicht recht machen?«

Ich griff ihr unter das Kinn, hob ihr Gesicht ein wenig an, es war rund und lieb und vollkommen harmlos.

»Du hast keinen Grund, traurig zu sein, kleine Melitta«, sagte ich, und ich meinte es ehrlich. »Man kann abnehmen, man kann zunehmen; was man aber nicht erzielen kann, ist jene geheimnisvolle Harmonie des weiblichen Körpers, die ihre eigene unbarmherzige Ästhetik hat, die durch die schönsten Beine gestört werden kann, wenn sie zum übrigen nicht passen, und die dahin ist, wenn sich unter den Schlüsselbeinen Salzfäßchen öffnen. Achtzig, ja neunzig Prozent aller Frauen würden jeden Tag Dankgebete verrichten, wenn sie eine so schöne, wirklich weibliche Figur hätten. Du mußt nur einen Mann an deiner Seite haben, der davon etwas versteht. Es gibt nämlich auch Fakire, denen eine Frau nicht bretteleben genug sein kann, es gibt Männer, die mit spindeldürren Figuren angeben wollen, weil sie in jedes Futteralkleid passen. Was du brauchst, ist ein Mann mit kunstgeschichtlichen Kenntnissen, der die berühmtesten Aktbilder kennt: Jeder klassische Akt hat deine Proportionen!«

Melitta stand noch immer auf der Waage. Sie lauschte wie versteinert meinen Worten und sah, überall wohlgerundet und mit dem Braunaugengesicht, tatsächlich aus wie ein Akt von Jean-Dominique Ingres.

»Jeder klassische Akt hat meine Proportionen«, wiederholte sie mühsam und andächtig. »Und was bitte ist ein klassischer Akt?«

»In diesem Fall eine nackte Frau, die einer von den großen Malern ohne Kostüm dargestellt hat, ein Tizian zum Beispiel mit seiner ruhenden Venus, ein Giorgione malte sie auf einem Brunnenrand sitzend, oder als Leda mit dem Schwan... Es gibt auch Aktbilder von modernen Malern, zum Beispiel von Egon Schiele. Da aber kannst du dir gratulieren, daß du nicht so aussiehst...«

Es pochte abermals an der Türe. Da das ja nun nur noch der Ritter Eugen sein konnte, knotete ich das Tuch um meine Brust und ließ ihn eintreten. Er lachte kurz, als er seine Freundin so nackt mitten im Raum sah, begrüßte mich höflich und entschuldigte Melitta gleich, als ob er zugehört hätte:

»Sie mußten sich wohl ihre Figur-Sorgen anhören, Frau Hirschmann?«

»Es war nicht schlimm... Vierzehn Tage Fish and Chips, und die etwas barocken Umrißlinien werden sich besänftigt haben.«

»Ich habe draußen auf dem Gang noch ein Bad entdeckt«, berichtete Eugen. »Ich will nur noch mein Rasierzeug holen. Lassen Sie sich bitte nicht stören... Ich habe nur eine Bitte: Erklären Sie ihr, wie gefährlich Appetitzügler sind, wie sinnlos der ganze Eiweißkram ist... Sie gefällt mir, wie sie ist, ich finde sie wunderhübsch und sehr sexy. Und wenn sie abnehmen will, so soll sie eben beim Essen ein wenig aufpassen...!«

Sprach's und verschwand; wir lachten einander befreit an und ich sagte:

»Also bitte: alles in bester Ordnung. Und jetzt rein in die Wanne, sonst wird das Wasser kalt!«

Es war ein reizendes Bild, und ich beglückwünschte mich wieder einmal zu jenem Hauch von lesbischen Neigungen, den ich mir aus meiner Pariser Zeit bewahrt hatte und der mich in die Lage versetzte, die kleine Melitta ein wenig zu genießen. Was ich ihr nicht sagte, war, daß dies alles, was sie so an sich hatte, überaus reizvoll und verlokkend wirkte, solange sie ihre neunzehn Lenze zählte; wenn sie aber keinen Sport trieb und wenn sie manchmal ungehemmt zu-, dann wieder radikal abnahm, dann würde das Gewebe bald schlaff werden und der Anblick war dann wohl nur noch von hinten erfreulich.

»Sie denken: wie wird die Melitta in zehn Jahren aussehen!« stellte das Mädchen mißtrauisch fest. »Ich seh's Ihnen an, Heidemarie, ich nehme es Ihnen nicht übel, so ist es nun einmal unter Frauen!«

Sie hatte es erraten, ich hatte meine Blicke nicht hinreichend beherrscht. Es war alles auf dem Punkt jener Vollendung, die dem Kundigen signalisiert: besser kann es nicht werden. Waden, Knie und Schenkel waren soweit voneinander abgesetzt, wie es sein muß, ohne die häßlichen Muskelpakete der seit neuestem immer penetranter mit den Männern konkurrierenden Body-Builderinnen. Alle Linien waren weich, die Haut glatt und ohne Makel, das Inkarnat genau nach Gesundheitslexikon, selbst unter den Brüsten, und diese selbst waren tatsächlich Wonnekugeln, so daß man wieder einmal versucht war, unseren guten Herrgott als den Bildhauer *par excellence* zu bezeichnen. Das Hälschen um eine Idee zu kurz aus den kräftigen Schultern steigend, dafür aber eben kein Doppelkinn und ein entzückend jugendlicher Nacken mit Kräuselhärchen und einem Rücken, der so harmonisch zum Po hinableitete wie bei einer Jungschwimmerin vor den Deformationen durch das Über-Training.

»Ich hatte eigentlich etwas anderes überlegt«, sagte ich darum nach einer wohlberechneten Kunstpause. »Ich war wirklich angerührt von der Vollkommenheit deines Mädchenkörpers, Melitta... Und du weißt, was Vollkommenheit bedeutet: Da kann nichts mehr besser werden, aber jede Veränderung macht es um eine Idee schlechter, weniger vollkommen.«

»Das heißt: ich müßte an mir arbeiten?« fragte sie beklommen.

»Wenn das so einfach wäre!« rief ich und dachte an meine Zeit im *Blauen Vogel* in Paris und an die schöne Magda, die wohl dieses Geheimnis besessen haben mochte, die Kunst, nicht zuviel und nicht zuwenig zu tun und alles an den Stellen, an denen es sein mußte. Aber wie sollte die kleine Melitta das schaffen?

»Wir könnten es gemeinsam versuchen«, schlug Melitta vor. »Zu zweit macht es doch mehr Spaß.«

»Sie vergessen den Spaß zu zweit, den Sie mit Eugen haben und bei dem ich doch nur stören würde«, sagte ich und trocknete mich endlich vollständig ab, ich hasse es nämlich, so unangezogen herumzustehen, und ich werde die Leute nie begreifen, die den ganzen Vormittag im Bademantel herumschlurfen.

»Sind Sie da so sicher, Heidemarie?« fragte sie mit einem koketten Augenaufschlag und stand in der Wanne auf. »Ehe Sie gehen, seien Sie doch bitte so freundlich und seifen Sie mir den Rücken ein!«

Da sie nichts anhatte, ließ ich das Badetuch fahren, sperrte die Badezimmertüre ab und seifte das nette Ding vom Nacken bis zum Po tatsächlich ein, mit einer jener herrlichen englischen Seifen, die bei uns nur in den Apotheken verkauft werden und ein Heidengeld kosten. Melitta genoß den Schaum und meine Hände, sie war lasterhaft auf jene unschuldige Tour, wie sie sich bei sehr jungen Menschen findet, die noch wie Katzen reagieren: tut ihnen etwas wohl, so strecken sie sich lustvoll und wollen noch mehr, mit der schönsten Selbstverständlichkeit. Darum war ich auch nicht sehr erstaunt, als das nackte Mädchen vor mir plötzlich leise sagte:

»Weiter bitte ... tiefer!«

Ich hatte inzwischen ebenfalls Feuer gefangen. Mir war, als wüsche ich mich selbst, so angenehm war dieser perfekte junge Leib in meinen Händen. Also grub ich mich hinein zwischen diese schwellenden Pobacken, die sie unter meinem Zugriff nicht zusammenkniff, und da ich nun wußte, was sie wollte, glitt ich auch zwischen ihre Beine und ließ die eingeseiften Finger dort zärtlich tun, was von ihnen offensichtlich erwartet wurde.

Durch die lange Badezimmer-Szene beträchtlich in

Fahrt, brauchte mich Melitta nur noch Minuten, dann begann sie zu zittern, sank im Stehen an mich und stieß kleine Schreie aus, ein wenig rauh, wie überrascht... offenbar war sie mit ihrem Eugen noch nicht lange beisammen.

Im Gedanken an den Guten beeilten wir uns dann ein wenig und saßen schon eine Viertelstunde später beim Frühstück auf dem Zimmer, das ich absichtlich unten in der Küche bestellt hatte, damit die beiden sich ein wenig unter vier Augen besprechen konnten, schließlich hatte Melitta mir ziemlich weitgehende Vorschläge gemacht.

Die zwei tranken Kaffee, ich hatte mir mit der Heizschlangen-Kanne, die in jedem guten britischen Hotelzimmer steht, selbst den Tee zubereitet, eine ganze Kanne für mich allein, damit verdrückt man auch ein englisches Frühstück.

»Ich kenne Ihre Verhältnisse nicht, Frau Hirschmann«, sagte Eugen von der Eulenburg, als wir bei der Ginger-Marmelade angelangt waren, »und ich weiß auch nicht, was Sie in England vorhaben; aber wenn es Ihre Zeit gestattet, so würden wir Sie gerne mit nach Tavistock nehmen und auf Uylenburgh-Castle einführen. Sie wissen ja, wie das in England ist: auf einen Gast mehr oder weniger kommt es in einem Neunzig-Zimmer-Schloß nicht an, und wenn es Ihnen dennoch nicht passen sollte, so haben Sie in Tavistock selbst gute Hotels und die herrlichsten Ausflugsmöglichkeiten hinaus bis Lands-End oder aber in die Hochmoore.«

Ich berichtete, gleichsam als Antwort, von meinen Mißgeschicken am Rhein und daß der Englandtrip im Grunde eine Notlösung sei.

»Eben darum habe ich nichts Bestimmtes vor... Ich bin Schriftstellerin, wie Sie vielleicht wissen, und wollte darum ein paar literarische Plätze aufsuchen, die *Jamaica*

Inn der Daphne du Maurier, Torquay wegen Agatha Christie und Saint Ives, wo Virginia Woolf die Sommer ihrer Kindheit verbracht hat ... Aber das scheint von Tavistock aus durchaus möglich zu sein, sobald ich mich einmal auf die Linksfahrerei eingestellt habe!«

Melitta hatte bei Agatha Christie zu erkennen gegeben, daß sie den Namen kenne; die beiden anderen Damen sagten ihr wohl nichts, aber meine Zustimmung freute sie offensichtlich. Ja, sie klatschte in die Hände, eine kindliche Gebärde, die ihr noch recht gut anstand.

»Ich freue mich aufrichtig«, sagte Eugen. »Ich denke, daß wir die Strecke nach Tavistock in einem Tag schaffen. Wenn Sie gestatten, bestelle ich Ihnen für die erste Nacht ein Hotelzimmer und benachrichtige zugleich meine Verwandten, daß wir einen charmanten Gast aus Österreich mitbringen. Sie entschuldigen mich?«

Ich entschuldigte ihn. Was für eine Zeit, in der man das Selbstverständliche schon als gute Manieren registrierte! Nun war also durch Zufall alles noch ganz angenehm geworden, denn wenn man sich auch beim Aufbruch zu Hause zunächst nach dem Alleinsein sehnt, ich hatte zu viele Reisen absolviert, um mich selbst zu täuschen: Schon am zweiten Hoteltag beginnt man ja doch, Ausschau nach einer Bekanntschaft zu halten. Und wie oft war ich, aus purer Bequemlichkeit, ganz einfach am Mondsee geblieben, weil einem dort die gebratenen Tauben, will sagen die hochmögenden Gäste, gleichsam in den Mund fliegen. Früher war es Lernet-Holenia in Sankt Wolfgang, war es Paul Dahlke in Alt Aussee gewesen, heute war es Kanzler Kohl in Sankt Gilgen. So änderten sich die Zeiten (was auch sein Gutes hatte – vor dem einen oder anderen ist man inzwischen sicher, weil er in die Ewigen Jagdgründe abgewandert ist).

Als ich an der Rezeption bezahlen wollte, hatte Herr

von der Eulenburg schon alles geregelt, und ich ließ es auf sich beruhen, schließlich ging es nur um ein Bett und ein Frühstück, und man kann die Korrektheit auch übertreiben. Ich entsinne mich einer gemeinsamen Reise auf getrennte Kasse mit einem Oberforstrat in Pension, einem kuriosen Männchen, das nach jedem Tanken mit dem Geldtäschchen angerannt kam und, obwohl ich noch den Tankverschluß in der Hand und noch kein Wechselgeld erhalten hatte, schon seinen Anteil berappen wollte. Der Gute hatte mir damals den letzten Nerv getötet, war von seiner Tour aber nicht abzubringen gewesen.

Die beiden stiegen in einen Golf-GTI mit Bayreuther Kennzeichen; so wahnsinnig mit Glücksgütern gesegnet waren sie also auch nicht, es sei denn, Monsieur le Baron hatte seinen Jaguar zu Hause stehen lassen und man fuhr mit Melittas Raketchen. Mir konnte es egal sein! Angesichts der rigorosen Geschwindigkeitsbegrenzungen im engen Cornwall würde ich den Golf wohl kaum aus den Augen verlieren. Am Autobahn-Ende in Exeter wollten wir aufeinander warten, falls das Pulkfahren nicht geklappt haben sollte, und dann ging's los, in einer eigentlich trostlosen Fahrt quer durch ein Land, in dem man links und rechts des Highways eine Unmenge hätte besichtigen können.

Eugen hatte mich vor der Abfahrt darüber getröstet:

»Hier, wo alles ist wie vor tausend Jahren . . . hier muß man die Kraft haben, zu selektieren«, sagte er, und er hatte damit recht. »Im Grunde ist ja für uns Kontinentaleuropäer und nach den zwei großen Kriegen jeder englische Dorffriedhof schon eine Sehenswürdigkeit. Da muß man sich eben ein Herz fassen und sagen: Bin ich erst am Ziel, dann nehme ich alles ganz genau, dann lasse ich mir Zeit für alles, was genauer studiert zu werden verdient . . .!«

Dabei widmete er seiner Melitta einen so zärtlich-begehrlichen Blick, daß man erkannte: Er hatte bei diesen Studien keineswegs nur an Friedhöfe, Dorfkirchen, Keltenwälle und an den König Artus gedacht.

Sie hüpfte denn auch höchst animiert auf den Fahrersitz (ich hatte hinsichtlich der Besitzverhältnisse also richtig getippt), streckte ihre hübschen Beine nach den Pedalen, schickte mir eine Kußhand und gab Gas, daß die Steine stoben. Im alten Canterbury konnte sie damit freilich keine Sympathien gewinnen: Eine Bürgersfrau, die eben mit einem großen Korb zum Einkaufen ging, schüttelte mißbilligend den Kopf und musterte auch mich mit gezügeltem Entsetzen, als ich meinen Rock hochzerrte, mich in den Sitz meines Honda fallen ließ (wenn man nämlich auf normale Weise einsteigen will, stößt man sich den Kopf an) und den Versuch machte, beim Anfahren ähnliche Geräusche zu entwickeln wie der Golf mit seinen 121 PS.

Das Moor

Der erotische Morgen in der alten Bischofsstadt Canterbury hatte mich auf eine merkwürdige Art angeheizt. Ich fuhr auf der Autobahn nach Westen dahin, hinter dem GTI mit der Bayreuther Nummer her, und stellte fest, daß britische Nurauto-Straßen auf die gleiche Weise zum Träumen einladen wie jene Frankreichs (nur in der Bundesrepublik hat man zuviel zu tun, um die Gedanken abirren lassen zu können).

Durch ihr blankgeputztes Heckfenster konnte ich meine neuen Freunde ziemlich genau beobachten, Melitta am Steuer und Eugen daneben. Er wirkte hoch und schmal und ich zerbrach mir den Kopf über die Zusammenhänge zwischen Architektonik und Gen-Masse. Welcher seiner Ahnen mochte so dominant gewesen sein, daß er aus ihm solch eine gotische Figur gemacht hatte, von dem exotischen Anhängsel ganz zu schweigen. Schweigen bedeutete noch nicht, daß ich nicht daran denken durfte, und so malte ich mir denn auf der langweiligen Westfahrt durch Hampshire und Somerset einen intimeren Umgang mit diesem Adelssproß aus, der ganz gewiß sehr viel interessanter war, als Melitta inzwischen ergründet haben mochte. Und natürlich stellte ich mir als selbstbewußte Frau auch die Frage, wie lange er wohl bei diesem süßen Gänschen aushalten würde, ehe er sich einer erwachsenen Partnerin zuwandte, die ihm mehr bringen würde als die verschiedenen im Bett so angenehmen federnden Pölsterchen aus Muskeln, Fettgewebe und glatter Haut.

In einem *statement* zu einem meiner als jugendgefährdend eingestuften Bücher stellte sich ein Staatsanwalt einmal die Frage, warum ich denn so offen über meine intimen Erlebnisse spräche. Ich habe damals nur kurz gelacht, denn eigentlich sollte ein hochgebildeter und examinierter Jurist wissen, daß die Verbrechen in erster Linie von jenen Menschen verübt werden, die sich nicht aussprechen können, die ihren Frust, ihren Haß und ihre Gier in sich hineinfressen, bis es dann zur kriminellen Explosion kommt. Ich bin sicher, daß große Erotik-Autoren wie Henry Miller oder auch wie Apollinaire sich niemals an einem Kind oder auch nur an einer zögernden Frau vergriffen haben; bei ihnen gab es keinen Stau. Was sie nicht im Bett umsetzen konnten, das floß eben in die Schreibmaschine.

Ich hatte in meinem Vielzweckfahrzeug so allerlei eingebaut, aber keinen Klapptisch, auf dem ich unterwegs hätte schreiben können (dazu war mein Civic einfach zu niedrig). Also mußte ich mir ausdenken und ausmalen, wie Eugen an irgendeinem nicht zu fernen Tag die gute Erziehung derer von der Eulenburg vergessen und sich an mich heranmachen würde (denn daß ich den ersten Schritt tat und ihn Melitta ausspannte, war für mich natürlich völlig ausgeschlossen: Ich schreibe zwar so manches, worüber in einem Damenkränzchen nicht gesprochen würde, aber ich bin überzeugt, trotz aller staatsanwaltlichen Verdikte eine durch und durch anständige Frau zu sein, freilich von einer Anständigkeit, die sich nach dem Gesetzbuch nicht bemessen läßt).

Bis dato stand es so, daß der kleinen Melitta Straubinger in den wenigen Wochen dieser jungen Liaison klar geworden war, sie würde allein mit ihren primitiven Mitteln einen Eugen von der Eulenburg nicht halten können. Vielleicht hatte sie auch Angst vor der Verwandtschaft des Geliebten auf Uylenburgh-Castle, oder aber, sie war sich über die Absichten des feinen Partners nicht im klaren.

Das war nun das Eckchen, wo meine Fantasie einsetzte. Immerzu hinter dem Golf herfahrend – der glücklicherweise stets an der Geschwindigkeitsgrenze blieb, so daß ich gar keine Lust empfand, ihn zu überholen – malte ich mir aus, wie es sein könnte: Vielleicht hatte dieser dünne Frankenstein aus Mähren (leider nicht aus Siebenbürgen) absolut dunkle und verbrecherische Absichten mit dem schönen Geschöpf an seiner Seite? Vielleicht war Uylenburgh-Castle ausschließlich von Vampiren bewohnt, denen er als Gastgeschenk dieses milchweiße, von gesundem bayrischem Blut erfüllte Weibswesen brachte. Und sich seine Brötchen damit verdiente, solche Blutauffrischungs-Transporte alljährlich zu wiederholen?

Als ich mir die rituelle Zerlegung der appetitlichen Melitta an der Abendtafel im Schloß gerade genüßlich ausmalte, signalisierte der Wagen vor mir einen Tankstop und ich mußte meine Gedankenkette unterbrechen. Aber ich war fest entschlossen, sie wieder aufzunehmen, denn ob nun Vampire oder nicht auf uns warteten in jenem Schloß jenseits des unheimlichen Dartmoor-Hochlandes, es stand für mich fest, daß Eugen von der Eulenburg die weite und kostspielige Reise nicht nur unternahm, um sein Bräutchen vorzuführen. Da steckten ganz andere Dinge dahinter!

Was das freilich war, würde ich im einsamen Grübeln nicht ergründen können, und in der holden Zweisamkeit mit der süßen Melitta auch nicht. Da mußte ich schon an Eugen selbst heran, und das sollte mir nicht allzu schwerfallen!

Das *Francis Drake* in Tavistock war ein Riesenkasten, der das ganze Zentrum der seltsam zerfahrenen Stadt beherrschte. Ich ließ mir erzählen, daß es sich um eine Bergwerksstadt handle, die groß geworden sei, als ringsum die Zinngruben noch florierten. Inzwischen sei der Bergbau auf Zinn aber nicht mehr ergiebig, der Weltmarktpreis liege unter dem der britischen Förderung, und seit einigen Jahrzehnten schon sei Tavistock darum eine auf merkwürdige, aber unaufhaltsame Weise langsam zugrundegehende Stadt, die ihre Baulücken nicht mehr zu schließen imstande sei. Man habe großzügig geplant, dann aber sei den Baulöwen die Luft ausgegangen.

Ich war beruhigt, denn wenn bei uns eine Stadt so aussah, ergab sich stets, daß sie durch ein Flächenbombardement ausradiert und chaotisch wieder aufgebaut worden war. Hier also war es das Zinn, aber im Hotel kümmerte sich niemand um diese Untergangsstimmung. Es war, wie erwähnt, ungeheuer weiträumig, mit gewaltigen Sälen, endlosen Gängen, ein Hotel auf unendlich viel Zukunft geplant und gebaut, und die Gäste, die es heute füllten, waren eine sehr merkwürdige Spezies: es waren die Moorwanderer.

Ich mußte ein Stündchen darauf verwenden, ein Stündchen in der Hotelhalle und hinter der *Financial Times* verschanzt, von deren Text ich nicht ein Sterbenswörtchen verstand, um herauszufinden, was die absurd gekleideten, keiner Gesellschaftsschicht verläßlich zuzuordnenden Männlein und Weiblein hier alle wollten, da es das Zinn ja wohl nicht mehr sein konnte. Sie trugen sich wie Alpinisten, obwohl die höchste Erhebung weit und breit siebenhundert Meter über den Meeresspiegel ragte, also nicht eben in Gletscherregionen hinaufstieß. Darum führten sie alle auch keine Eispickel mit sich, aber sie hatten aufwendige Bussolen und Taschenlampen am Gürtel, sie kamen in dieser abendlichen Stunde mit eindrucksvollen Proviantsäcken in die Halle und hatten Überkleider über dem Arm, als hätten sie tagsüber ein Vollbad in ihren Breeches genommen. Die Stoffe, die sie trugen, waren von einer sehenswerten Qualität bei den Herren wie bei den Damen, nur für die Sommermonate, in denen wir uns immerhin befanden, erstaunlich warm und dick. Die Altersklasse war ziemlich einheitlich, die Frauen selten über vierzig, die Herren niemals darunter. Die britische Jugend fühlte sich also durch diese ausgedehnte Moorlandschaft nicht angezogen, und für wirklich alte Leute waren Exkursionen, wie man sie hier machte, offensichtlich zu anstrengend.

Da ich mich für das Abendessen schneller umgezogen hatte als das Paar aus dem GTI, hatte ich Muße zu solchen Studien, ja ich ließ mir sogar an der Rezeption, die von den niedlichsten Mädchen besetzt war, die ich je in einem Hotelbüro angetroffen hatte, das Wichtigste über die Umgebung erzählen. Der Dartmoor-Nationalpark, so erfuhr ich, sei jene Gegend in England, wo man sich so weit von einer Siedlung entfernen könne wie sonst nur in Schottland. Das Granitplateau wirke außerordentlich öde, habe so wenig Baumbestand wie eine Hochalm, messe von Norden nach Süden etwa vierzig und von Westen nach Osten etwa zwanzig Kilometer. In den Talfurchen lägen ein paar winzige und meist sehr malerische Dörfer, die sich innerhalb des Nationalparks nicht sonderlich verändern durften, und über dem ganzen Hügelland ragten ein paar Gipfel auf, die von gesetzten Herren angegangen wurden, als handle es sich um unbekannte Riesen aus dem Karakorum-Massiv. Nun ja, es gab immerhin Ziele, und das war doch etwas wert!

Zum Abendessen hatte sich alles, was im Hotel speiste, in Schale geworfen, die unerbittlichsten Wanderer erschienen mit Krawatte, und die Damen hatten das angelegt, was man im südwestlichen England für ein kleines Abendkleid hält.

Die Bedienungen waren von der größten Zuvorkommenheit, ja England erschien mir an diesem ersten Abend, den man als wirklich britisch bezeichnen durfte, als der letzte Hort jener Höflichkeit, der wir in den großen Memoirenwerken des achtzehnten Jahrhunderts noch so regelmäßig begegnen. Die Mädchen, die zwischen den Tischen nicht hin und her huschten, sondern sich mit gezügeltem Temperament anmutig bewegten, wirkten auf eine einzigartige Weise sauber, kindlich und zutraulich. Selbst in Österreichs Berghotels war derlei nicht mehr anzutreffen, und hier schien es die Regel zu sein!

Solchermaßen hochgestimmt, durch Eugens feinen grauen Anzug und das kleine Schwarze der hübschen Melitta in gastronomische Erwartungs-Atmosphäre versetzt, fiel ich gleichsam ins Bodenlose, als dann das Essen selbst aufgetischt wurde, beziehungsweise, als ich den Löffel mit der ersten Kostprobe von der Suppe zum Mund führte: Das war reinstes High-Chem, um es vornehm auszudrücken, überdosierte Würfel in zu wenig britischem Quellwasser aufgelöst, eine schauerliche Verirrung. Ich versuchte, den Geschmack mit Bier aus dem Mund zu kriegen, aber das lauwarme Gebräu mochte zu allerlei gut sein, nur nicht zum Trinken. Resigniert bestellte ich – wir hatten uns auf getrennte Rechnungen geeinigt – eine halbe Flasche Soave, eine Billigsorte, die bei uns kein Mensch in 0,33 Literfläschchen auf den Markt bringen würde. Hier aber kostete diese kleine Menge immerhin vier Pfund...

Eugen von der Eulenburg lächelte mühsam, Melitta Straubinger versuchte verzweifelt herauszufinden, was denn das Bier so ungenießbar mache, und ich studierte die Spirituosenkarte, da mir klar war, daß ich nach dieser Mahlzeit Stärkung, Betäubung und Trost brauchen würde. Und dann kam der Hauptgang...

Nach einigen halblaut geführten Diskussionen einigten wir uns darauf, daß der zu seinem und unserem Unheil kreative Koch des Hotels das im Sinn gehabt hatte, was man zwischen Main und Plattensee ein Gulyas nennt – bei einem Abendessen, zu dem sich in England alles umzog, ein weiß Gott nicht allzu hoch gestecktes Ziel. Die Rindfleischstücke waren tatsächlich auch ziemlich weich, sie waren auch nicht zu selten in der tiefbraunen Tunke, in der sie auf den Tisch gekommen waren, nur hatte der Brite es riskiert, Paprika durch Gewürznelken zu ersetzen und Majoran durch Zimt.

Der armen Melitta, die offensichtlich über Franken und Niederbayern noch nicht nennenswert hinausgekommen war, quollen die Augen heraus bei dem Versuch, die ersten Bissen auf anständige Weise in den Schlund zu befördern. Eugen brach sich ein Riesenende Brot von einem Pseudobaguette ab, vermutlich das beste Mittel, mit der Sauce fertig zu werden, und ich schob die Kartoffelstücke erst in den Mund, nachdem ich diskret die Sauce von ihnen abgekratzt hatte.

Der Nachtisch bestand aus Estragon-Eis, war also ein sogenanntes Sorbet aus dem Küchengarten, und brachte Melitta zu hemmungslosem Schluchzen.

»Wenigstens werde ich abnehmen in diesem Land«, sagte sie, und ihre dicken Tränen brachten das Senfgefrorene zum Schmelzen. »Und jetzt, bitte, entschuldigt mich, ich bin den ganzen Tag am Steuer gesessen, mir fallen die Augen zu... Auf Gewürznelken werde ich immer so schläfrig!«

Sie erhob sich und strich das Kleid glatt, lächelte vage in die Runde und verschwand.

In einem relativ engen Salon, in dem sich einige Habitués die besten Plätze gesichert hatten, wurde Kaffee und Tee serviert und dazu gab es Pfefferminzgebäck, was den Kaffeegeschmack natürlich völlig ad absurdum führte.

»Sie müssen schwerwiegende Gründe haben, Baron«, sagte ich, »aus Ihrer Heimat hierher zu kommen, stammen doch die besten Wiener Köchinnen aus Mähren!«

Eugen dankte mit einem kleinen, traurigen Kopfnikken für dieses Kompliment, berichtigte mich aber auf die höflichste Weise: Nicht die großen Köchinnen stammten aus Mähren, die kämen vielmehr aus Böhmen, sondern die Ammen. Halb Wien sei an der Brust der sprichtwörtlichen Iglauer Ammen gelegen, und dies ohne Schaden für den deutschen Kern der alten Monarchie, denn Iglau war schließlich eine Sprachinsel. Die vollbusigen Weibspersonen, die ihre Milch-Überflüsse in der Donaustadt los wurden, vergifteten alle Wiener Society-Babys also keineswegs mit tschechischer Muttermilch.

»Was trinken wir nun wirklich hier?« erkundigte ich mich bei diesem smarten Herrn, der alles wußte und uns dennoch in diese bedenkliche Situation gebracht hatte.

»Es ist tatsächlich schwierig«, gab er zu, »denn Sie dürfen auf der Insel nicht einmal den bekanntesten Marken trauen. Martell zum Beispiel macht für den Export nach England einen eigenen Cognac, den wir als solchen kaum erkennen würden... Ich empfehle Ihnen einen Malt-Whisky.«

Man stellte uns eine Flasche auf den Tisch, die eine lange, im Halbdunkel kaum lesbare Aufschrift trug.

»Enthält denn nicht jeder Whisky auch Malz?« fragte ich und baute in meinem Glas einen kleinen Berg von Eiswürfeln auf.

»Gewiß«, gab Eugen zu, nahm mein Glas und schüttete sämtliche Eiswürfel ohne Kommentar zurück in das Schälchen, »aber der normale Scotch ist eine kunstvolle Mischung aus den verschiedensten Gersten-Mälzungen, die man zum Teil auf Darren getrocknet oder leicht angeröstet hat, was dann den rauchigen Geschmack gibt. Diese Mischungen, diese Gersten- und Geschmackskombinationen, werden durch das Wörtchen *blended* zusammengefaßt, das Sie auf dieser Flasche vergeblich suchen werden: Hier steht nur drauf, daß es sich um *Islay pure Malt* handle, also um einen Whisky von dieser Hebriden-Insel, der keine andere Gerste gesehen hat als jene, die auf dem Torfboden von Islay gewachsen ist.«

»Und darum trinkt man ihn ohne Eis?«

»Ohne Eis und ohne Wasser, wie einen Cognac, sonst kommen die besonderen Geschmackssensationen ja nicht zur Entfaltung. Bedenken Sie bitte, liebe Heidemarie« – er sagte es so zärtlich, als sprächen wir nicht von Whisky, sondern von Rosen – »bedenken Sie die große Anzahl von Hebriden-Inseln, die Äußeren und die Inneren Hebriden, und jede Insel hat ihren eigenen Maltwhisky...!«

»Sagen Sie bloß, Sie hätten sich diese Unterschiede als Studiengebiet erkoren?«

Eugen hob mir das Glas entgegen.

»Jeder Malt-Whisky-Trinker hat Augenblicke, in denen er sich dergleichen vornimmt, denn wenn man mit Pure-Malt begonnen hat, ist man für den üblichen Scotch verloren. Das heißt, daß man fortan vierzig statt zwanzig Mark für die Flasche ausgibt, daß die großen Genüsse bei fünfzig Mark anfangen statt bei den neunundzwanzig, die der Chivas Regal im allgemeinen kostet, und daß man folglich weniger trinkt – welche bessere Folge kann ein Getränk haben, als uns zur Mäßigkeit zu erziehen?«

Ich kostete, ich prüfte, ich genoß ein ebenso glückhaftes Erschrecken, wie die Überraschungen beim Abendessen mich unglücklich gemacht hatten, und da zweifellos auch der Pure-Malt-Whisky seine Kalorien hatte, war es nur natürlich, die übrige Nahrungsaufnahme in diesem Land weise einzuschränken.

»Morgen fahren wir also nach Uylenburgh-Castle«, sagte Eugen und setzte das Glas ab, womit auch sein Blick erlosch, »und werden unseren Verwandten – das heißt eigentlich: meinen Verwandten – mitteilen, daß wir eine reizende Reisegefährtin im Hotel zurückgelassen haben. Klappt alles, wie ich es mir vorstelle und wünsche, dann darf ich gegen Abend kommen, um Sie abzuholen?«

In Canterbury war er noch so sicher gewesen, hatte er mit vollster Überzeugung behauptet, britische Schloßherren freuten sich nur, wenn man ihnen recht viele Gäste ins Haus bringe, und nun diese Zweifel?

»Versprechen Sie mir, Baron, daß Sie nicht im geringsten insistieren«, sagte ich darum. »Ihre und Melittas Gesellschaft ist mir außerordentlich angenehm, aber es besteht kein Grund, deswegen Ihren Verwandten, die Sie offenbar nicht sehr gut kennen, zur Last zu fallen. Die Umgebung von Tavistock ist interessant, ich mache morgen meinen ersten großen Ausflug. Sollten Sie mich telefonisch nicht erreichen, so hinterlassen Sie bitte eine Nachricht für mich.«

Ich nahm noch einen Schluck: es war tatsächlich ein herrliches Gesöff und veränderte die Seelenlage mit einem Schlag, weswegen es ganz gut war, es bei dieser Kostprobe zu belassen – der melancholische Charme dieses mährischen Spätlings hätte im Verein mit dem Islay-Malt durchaus zugereicht, mich zu meiner ersten großen Dummheit auf dem Boden der britischen Inseln zu bewegen.

Damit war ich nun ebenso höflich wie deutlich für einen ganzen Tag verabschiedet und beschloß daher, jenen nächsten Tag auf meine Weise zu verbringen. Das begann damit, daß ich mich nach dem Beginn des Frühstücks-Service erkundigte, um viel Zeit vor mir zu haben. Aber ich schaffte es doch nicht, die erste zu sein, wie es mir am Wörthersee regelmäßig gelingt: Ein paar Wanderpärchen saßen schon an den Tischen, und der Duft von geschmorten Pilzen erfüllte den Raum.

Damit wollte ich mir freilich den Magen nicht beschweren. Ich hielt mich an den guten englischen Honig – der sich freilich, wenn man das Etikett genauer studierte, als Tasmanien-Import entpuppte – und begann dann mit dem Chefportier ein kleines Gespräch über die lohnendsten Ausflugsziele.

Da er mich noch nicht kannte, empfahl er zunächst natürlich das Nächstliegende, und das war in einem Hotel, das nach dem Seehelden benannt war, eine Fahrt zu den Francis-Drake-Gedenkstätten.

»Das Denkmal haben Sie ja sicherlich gesehen, Mrs. Hirschmann, als Sie in unser Städtchen einfuhren«, sagte der kundige Herr, dem ich auch dafür dankbar war, daß er mich nicht Hershmän nannte, sondern eine vernünftige Intonierung versuchte. »Ein weiteres Gedenkplätzchen findet sich in Exeter, ein Andenkenladen, der sich an der Stelle von *Molls Coffee House* befindet – dort trafen sich Francis Drake, sein Onkel Hawkins und andere Seefahrer...«

»Ach, wissen Sie«, sagte ich unlustig, »aus Exeter komme ich gerade; außerdem kann ich mir Lenin oder Trotzky in einem Kaffeehaus vorstellen, ja sogar Hitler, aber Seehelden aus dem siebzehnten Jahrhundert, die bei Kaffee und Kuchen ihre Raubzüge aushecken... haben Sie da nichts anderes?«

Der Mann war keineswegs gekränkt, ja er lachte und sagte:

»Da Sie in Deutschland leben, Mrs. Hirschmann, wissen Sie sicherlich, daß unter der Bezeichnung Kaffee so allerlei serviert wird... Möglicherweise war es auch in *Molls Coffee House* ähnlich, und es gab für Stammgäste Herzhafteres. Nun, wenn es das nicht sein soll – fahren Sie doch nach Buckland Abbey, eine wunderschöne Klosteranlage zwischen den Flüssen Tamar und Tavy, zum Meer hin offen, milde Lüfte, Salzduft darin, genau das, was alte Seehelden lieben, wenn sie sich zur Ruhe setzen. Sir Richard Grenville hat die Gebäude aus dem dreizehnten Jahrhundert erworben und einige von ihnen zu einem Herrschaftssitz restaurieren lassen... Über die A 386 kommen Sie am leichtesten hin, Madame!«

»Und was hat das mit Drake zu tun?«

»Francis Drake hat, als er Vizeadmiral geworden und zu Vermögen gekommen war, die ganze Besitzung von Grenville erworben, es sollen damals Tausende Hektar Land dazugehört haben, das ist nun natürlich nicht mehr der Fall. Aber Buckland Abbey gehört noch den Nachkommen von Francis Drake... Oder nein, *pardon*, das war so, als ich hier im Hotel anfing, 1948... Inzwischen hat der *National Trust* die Abteigebäude erworben und darin ein kleines Marinemuseum eingerichtet... So wird man alt und vergeßlich, entschuldigen Sie mich, Mrs. Hirschmann.«

Die Sonne war schnell durch die Morgennebel gekommen. Tavistock erwachte, und als ich vor das Hotel trat, brummte schon der Verkehr. Auf einmal war mir gar nicht mehr nach alten Mauern zumute, ich holte meinen Wagen aus dem verschlossenen Parkhof und suchte mir die kleine Straße in den Nationalpark. Sie stieg so steil an wie die Nordrampe vom Pötschenpaß, und ich fühlte mich gleich heimatlich berührt und damit auch nicht mehr alleingelassen: Dartmoor wartete auf mich mit seinen Geheimnissen!

Es war ein schönes Fahren und ein wenig kurios zugleich. Da ja kein Schwerverkehr durch den Nationalpark floß, hatte man die Straßen nicht in der üblichen Manier ausgebaut, mit Unterbau, Graben, Böschung und Banketten, sondern sie einfach auf die Landschaft gelegt, so als ob jemand mit einem großen Teerfaß über die Hügel gefahren wäre und ein anderer dann den Teerstreifen links und rechts noch ein wenig eingefaßt hätte, damit er nicht völlig zerrinne. Es ging hemmunslos hügelauf und hügelab, mit absurd engen Kurven und ebenso brutalen Steigungen, und ich gratulierte mir, hier nicht in gewissen untermotorisierten Familienfahrzeugen unterwegs zu sein, sondern eben mit meinem 85-PS-Civic.

Hin und wieder erhoben sich am Horizont merkwürdige Türme, auch Schornsteine oder vom Wind halb zerlegte Dachaufbauten auf höchst unansehnlichen Ziegelgebäuden. Sie hätten allesamt das reine Entzücken jener neuen Spezies von Verrückten erregt, die sich Industrie-

Archäologen nennen und bei alten Bahnhofshallen oder zerfallenen Fabrikruinen in jene Schreie der Begeisterung ausbrechen, die Old Schliemann ausstieß, als er Troja entdeckte. Nun, ich konnte mich beherrschen; mir sind die Türme von San Gimignano lieber, aber ich gebe zu, daß die melancholische Landschaft dieses Hochmoores aus den absurden Zinnbauten einen gewissen Reiz gewann. Man hätte sich hier jedenfalls kein Försterhaus oberbayrischer Prägung vorstellen können und schon gar nicht die neckischen Pavillons, auf die wir im Bois de Boulogne gelegentlich stoßen.

Ich war von Tavistock aus etwas mehr als zwanzig Kilometer gefahren, als ich an einen jener Punkte geriet, denen man ansieht, daß sie zum Verlassen des Wagens auffordern. Die Karte hatte einen so verschwenderischen Maßstab, daß ich einige Quadratmeter Papier hätte durchforschen müssen, um herauszufinden, wo ich eigentlich war. Immerhin wies manches darauf hin, daß die zwei Parkplätze in meiner Sichtweite in einer Flußschleife des River Dart lagen. Ein ansehnlicher Herrensitz südwestlich der Straße war als Hannaford Manor bezeichnet, und dahinter dehnte sich ein Wäldchen und dann das Holne-Moor.

Du hast eine Wanderkarte, Heidemarie, sagte ich zu mir, also wandere! Sehr wohl war mir nicht zumute, vor allem, weil auf der Karte so unverständliche Eintragungen zu finden waren. Statt wie bei uns *Forsthaus* oder *Gasthaus* oder *Grenzübergang* standen hier völlig sinnlose Worte wie *Hut Circles* oder *Cairns* oder *Ryders Hill*. Beim Wandern, einen kleinen Rucksack auf dem Rücken und den Kompaß am Gürtel, schlug ich in meinem kleinen Taschenwörterbuch nach. Hut hieß absolut nicht Hut, sondern Hütte. Hut Circles waren also Hüttenkreise – oder handelte es sich etwa um kreisrunde Hütten, wie sie die Bantu-Neger bauten? Cairns war eindeutig verdeutscht: Das waren Steinhaufen, roh aufgeschichtet, als Wegweiser – sehr vernünftig in einem Moor. Denn die hölzernen Wegweiser, die so schlicht in die Luft ragen, die konnten böse Menschen ausheben und umdrehen, und der ahnungslose Wanderer tappte dann dorthin, wo auf meiner Karte viele kleine blaue Büschelchen anzeigten, daß der Boden einen nicht tragen würde.

Ich nahm mir den Berg des Reitermannes zum Ziel, Ryders-Hill konnte ja kaum etwas anderes bedeuten, und da die Sonne bereits zu stechen begann, zog ich meine leichte Leinenjacke aus, band sie oben auf den Rucksack und schritt ordentlich aus, um mein Ziel noch vor der Mittagsstunde zu erreichen. Auf dem Reitersberg würde es ja wohl irgendeine Imbißstube oder dergleichen geben.

Je länger ich ging, desto besser konnte ich mich orientieren; es war, als teile sich mir die Landschaft mit, und als ich den ersten Wegweiser-Steinhaufen vor mir erblickte, ergriff sogar ein gewisser Stolz Besitz von mir. Nun kamen noch einmal drei Cairns, die ziemlich beisammen lagen, damit man sie keinesfalls übersehe, danach der Sandy Way, was sich auch leicht übersetzen ließ und immerhin die Moorpfützen ausschloß, und dann hatte ich es nicht mehr weit bis zum Berg des Reitermannes.

Was mich ein wenig störte, war der Umstand, daß ich völlig allein war. Auf dem Parkplatz war ein Auto neben dem anderen gestanden, aber offensichtlich hatte niemand den Ryders-Hill so anziehend gefunden wie ich, man besichtigte Hannaford Manor oder goß sich in Hole oder Michelcombe einen hinter die Binde; man weiß ja, wie Männer wandern.

Es wurde von Meter zu Meter wärmer; der sandige

Weg verdiente seinen Namen tatsächlich; jeder Schritt kostete die doppelte Mühe, und da ich nichts zum Wechseln dabei hatte – auch nicht im Auto –, zog ich auch die Bluse noch aus, um sie nicht durchzuschwitzen. Es war immerhin eine Chance, angesichts einer Erhebung von ganzen 515 Metern ins Schwitzen zu geraten, da war ja der Schafberg dreimal so hoch, vom Dachstein ganz zu schweigen. Aber der verfluchte Sandy Way griff nach meinen Schuhen, ich sank bis zu den Knöcheln ein, und wenn ich mich umsah und ringsum nichts anderes entdeckte als leere Hügel, dann beschlich mich zwar keineswegs Verzweiflung – vier Kilometer kann man schließlich auch wieder zurückgehen – wohl aber ein gewisser Ärger über mich selbst: Da wäre das kleine Marinemuseum in jener Abtei doch gewiß interessanter und weniger strapaziös gewesen.

Die Sonne brannte mir nun auf den ungeschützten Nacken und die Schultern; Schatten gab es weit und breit keinen, und die berüchtigten Dartmoor-Nebel hatten sich offensichtlich seit Stunden vollständig verflüchtigt. Wieviel hätte ich für ein Nebelfähnchen gegeben, das mich erfrischt hätte.

Ich begriff nun die Warnungen, die an allen Parkplätzen angeschlagen standen: man solle auch bei kleinen Ausflügen stets Getränke und Lebensmittel mitführen und warme Sachen für eine unfreiwillige Nächtigung im Moor. Mahlzeit! Die Hitze flimmerte über den Hügelrändern, der Sandy Way wurde immer sandyger, und ich versuchte eben zu ergründen, ob hinter einem Markierungs-Steinhaufen vielleicht ein wenig Schatten zu einer Rast einlade, als aus diesem Steinschatten ein Mann hervortrat, so urplötzlich, daß ich ganz wider Willen einen kleinen Schrei ausstieß.

»Keine Angst, Miß«, sagte er in einem Englisch, das

man vielleicht in den Londoner Docks als solches erkennen mochte. Ich konnte nur raten, was er meinte. »Keine Angst, Miß... wir sind ganz allein hier oben!«

Der hatte Nerven! Das war es ja eben! Selbst der Hund von Baskerville wäre mir lieber gewesen als dieser unheimliche Geselle, der zwar jung und sogar bartlos war, aber einen scheußlich unsteten Blick hatte und eine Art blauen Pyjama trug, eine völlig absurde Kleidung hier mitten in der steinernen und sandigen Wildnis.

»Sie werden's erkannt haben, Miß«, sagte er und kam ganz nahe an mich heran, »ich bin ausgerissen!« Er lachte unangenehm-nervös. »Ja, abgehauen... Hätte noch zwölf Jahre brummen müssen, aber wer will das schon...«

»Sie sind...?«

Mir kam eine furchtbare Erleuchtung. Dartmoor! Natürlich! Nicht nur Truppenübungsplatz, hier gab's ja auch ein riesiges Zuchthaus. Dieser Trottel von Portier hatte mich vor Schießübungen gewarnt, die Sträflinge aber hatte er nicht erwähnt. Das Zuchthaus war für sie alle eben schon selbstverständlich!

»Sie sind ein entsprungener...«

Mir fiel das Wort nicht ein, außerdem fürchtete ich, ihn zu kränken und zu erzürnen. Dabei schossen mir alle Möglichkeiten durch den Kopf, alles, was sich nun ereignen konnte. Daß er mich umbrachte, war glücklicherweise nicht sehr wahrscheinlich, ich war ja keine Gefahr für ihn. Daß er mich vergewaltigte, *mon dieu,* ich an seiner Stelle hätte andere Sorgen in einer Gegend, die vom Hubschrauber aus so vollständig einzusehen war. Blieb die Beraubung, denn Geld braucht jeder entsprungene Häftling.

»Nehmen Sie, was ich bei mir habe, und lassen Sie mich in Ruhe«, sagte ich darum und reichte ihm den Inhalt meines Wandertäschchens, mit fliegenden Fingern aus dem Rucksack genestelt, es waren zwanzig oder fünfundzwanzig Pfund, das große Geld lag sicher im Hotelsafe.

»Sie sind zu gütig, Miß«, sagte der Mann und machte eine so höfliche Verbeugung, daß ich mich auf den Arm genommen fühlte und auf einmal Angst bekam. Der hatte so viele Jahre bekommen, das war ein Mörder, und wenn man ihn einfing, gab's ohnedies lebenslänglich für ihn. Wer weiß, was der mit mir vorhatte! Ich begann zu zittern und retirierte hinter den Steinhaufen, zugleich blickte ich mich suchend um, aber das war völlig überflüssig: Im ganzen weiten Holne-Moor schien es keine anderen menschlichen Wesen zu geben als diesen hübschen schweren Jungen und mich einsames Mädchen von dreißig Lenzen.

»Das Geld wird mir helfen, Miß, wenn ich wieder unter Menschen komme«, sagte er und blickte mich treuherzig an, »vor allem aber brauche ich Kleider!«

»Aber doch nicht Frauenkleider!« protestierte ich alarmiert.

»Warum nicht? Ich habe im Knast wiederholt die Frauenrollen gespielt... Was glauben Sie, was ich für eine Lady Macbeth war!«

Die Angst stieg in mir so hoch, daß sie mir die Fähigkeit zum Denken nahm, mich geradezu vernebelte. Die Lady Macbeth! Er war verrückt! Ich hatte nie gehört, daß in Zuchthäusern Shakespeare gespielt wurde, und wenn, dann doch eines seiner leichten Stücke. Und diesem Irren war ich ausgeliefert!

»Würden Sie mir freundlicherweise Ihre Kleider geben, Miß?« bat er manierlich und begann, aus seinem weiten Leinenpyjama zu steigen. »Alle suchen nämlich nach einem Mann... Haha... eine herrliche Lösung. Ich weiß nicht, wozu ich immerzu auf einen Mann gewartet habe, eine Frau ist doch viel besser. Und die Hunde werden die Witterung verlieren, Sie haben sicherlich ein ganz feines Parfum in Ihrem Täschchen...!«

Er war verrückt, ein wenig zumindest. Man sagt ja, daß aus dem Gefängnis keiner so herauskommt, wie er hineingegangen ist. Ich hatte einen Hosenrock an und einen Büstenhalter, alles andere war auf den Rucksack geknotet. Wenn er mir sein Leinenzeug gab, kam ich vermutlich ohne Aufsehen zu erregen bis zum Wagen, und in dem lag immerzu allerlei herum, was man anziehen konnte; ich hatte den Wagen seit Jahren nicht mehr ganz ausgeräumt. Nur – wenn ich mich auszog, dann kam er vielleicht auf gefährliche weitere Ideen?

»Hören Sie«, sagte ich darum mit leidlich fester Stimme, »ich werde nicht schreien und nicht mit Ihnen raufen; wir machen alles ganz ruhig, wie erwachsene Leute. Aber ich ziehe mich hinter dem Steinhaufen aus, und Sie machen keinen Versuch zu gucken!«

Er lachte, aber es sah nicht sehr fröhlich aus.

»Habe mich schon immer über die Cairns geärgert«, sagte er, »erinnern einen nur an die Arbeit im Steinbruch... Und jetzt nehmen Sie mir noch den Blick, wo ich seit Jahren nur Fotos gesehen habe... Also los, fangen Sie an, Miß, ich bin in Unterhosen, wie Sie sehen!«

Ich fing also an, knotete auch die Jacke vom Rucksack, die Bluse gedachte ich mir zu retten, sie war von Lanz in Gastein und hatte ein Heidengeld gekostet. Als ich ihm Hose und Jacke reichte, blickte er ganz unverschämt über den Steinhaufen, hinter dem ich, mit Slip und BH bekleidet, in Erwartung seiner Häftlingskleidung recht unglücklich gewirkt haben mußte.

»Mein Gott, Miß«, sagte er denn auch, als er in den Hosenrock schlüpfte und feststellte, daß sein Hintern erheblich magerer war als der meine, »Sie sind ja gut genährt, aus welchem Land kommen Sie denn?«

»Teils aus Bayern, teils aus Österreich... und kann ich jetzt endlich Ihre Hose haben?«

»Oh, *Bavaria*... Oktoberfest... *wonderful*!« schrie er und begann, in meinem Hosenrock zu tanzen. »Wenn Sie etwas zum Anziehen haben wollen, müssen Sie sich's holen... Außerdem haben Sie zu viele Steine zur Hand, wer sagt mir, daß Sie mir nicht eins überbraten mit solch einem Brocken?«

Da war es wieder, das Zittern! Der Mensch war verrückt, und jetzt waren ihm gar noch die Steine eingefallen, die einzige Waffe weit und breit. Ich kam also aus der Deckung und bückte mich, um die im Staub des Sandy Way liegende blaue Hose aufzunehmen. Eben das aber brachte ihn auf dumme Gedanken.

»Mir fällt da ein, Miß, daß ich ja auch weibliche Unterwäsche brauche«, sagte er und zog blitzschnell nicht nur den Hosenrock, sondern auch den grauen und nicht sehr sauber wirkenden Slip aus dem Gefängnis aus, drehte sich nackt um die eigene Achse und steuerte dann auf mich zu. Ich retirierte mit einem Sprung hinter die Cairns-Steine (ach, wäre hier doch ein Hütten-Zirkel gestanden, was immer das bedeutete, oder irgendein Zinnschornstein, auf den ich hätte klettern können), zog den Slip aus und warf ihm diesen, zu einem Knäuel zusammengedrückt, über die Steine hinweg zu.

»Und der Büstenhalter?« fragte er, während er seine nicht unbeträchtliche männliche Ausstattung in dem zarten Gespinst meines Höschens unterzubringen versuchte.

»Den brauchen Sie doch nicht!«

»Und wenn ich nun ein Fetischist wäre?«

Ich ließ mich auf langes Parlamentieren nicht ein. Die

Sonne brannte, in meinen Ohren brauste es. Den Rucksack hatte ich noch, und die blaue Hose immerhin auch, die so weit war, daß man sie auch zerlegen und um den Oberkörper winden konnte. Der Büstenhalter flog als das nächste Bällchen durch die Luft; der Mann bückte sich zu den Grasbüscheln am Weg und stopfte ihn hurtig und sehr geschickt aus, ehe er ihn umlegte.

»Den müssen Sie mir zumachen, Miß«, bat er mit der unschuldigsten Stimme der Welt, »mit solchen Dingern verstehe ich nicht umzugehen.«

Ich fiel darauf herein, weil es für eine Frau eben alltäglich ist, einer anderen diese blöden Rückenverschlüsse zuzumachen, nur daß es sich hier eben nicht um eine Frau handelte. Kaum stand ich, nackt wie ich war, hinter ihm, fuhr er schon herum und zog mich mit überraschender Kraft in seine Arme. Ich weiß nicht, worüber ich mehr zornig wurde, über den Überfall oder über mich selbst, weil ich diesen primitiven Trick nicht durchschaut hatte – jedenfalls bekam er mein rechtes Knie mit aller Kraft dorthin, wo mein zarter Slip gegen seine deutlichsten Qualitäten kämpfte, und er ging mit einem lauten Aufschrei zu Boden. Sobald er hochkam, war ich dran, derlei verzeiht ein Mann niemals. Also ging es um Leben oder Tod. Ich weiß nicht mehr, ob ich dies alles so überlegte. Ich sah ihn vor mir auf dem Boden, das Gesicht von Schmerz und Wut verzerrt, ich griff hinter mich, auf den sorgfältig aufgeschichteten Steinhaufen, hatte auf einmal ein fürchterlich kantiges Stück in der Hand und schlug auf den Schädel vor mir ein, just in dem Augenblick, da er sich wieder aufzurichten versuchte.

Er sank lautlos zusammen, und aus seinem Scheitel sickerte Blut in den Sand des Weges. Mein Hosenrock lag, zerknittert und beschmutzt, daneben, die Unterkleider schenkte ich ihm. Am liebsten hätte ich alle Steine der Wegmarke über ihm aufgeschichtet, damit er mir nicht nachkomme.

»Ich schicke einen Krankenwagen!« sagte ich, mehr zu mir selbst als zu ihm, dann riß ich den Rucksack über den Rücken und rannte los, den Weg zurück, den ich gekommen war, der Berg jenes Reitersmannes war mir nun gründlich verleidet.

Ich hatte noch keine dreihundert Meter zurückgelegt, als ich Motorengeräusch hörte und einen Hubschrauber erblickte. Er kam immer wieder zwischen mich und die Sonne, so daß ich ihn nur schlecht erkennen konnte, dann aber ging er tiefer, und plötzlich merkte ich, daß er neben mir aufsetzen wollte.

Ich drückte den Rucksack vor die Brust, mich anzuziehen war keine Zeit mehr, ich hätte auch die Schnüre des Rucksacks nicht mehr aufgebracht in meiner Erregung.

Ein Polizeibeamter kroch aus der Maschine, lief geduckt auf mich zu und fragte:

»Sind Sie verletzt, Miß?«

Vermutlich sah ich so dürftig bekleidet mehr nach Miß aus als nach Mistress.

»Wie man's nimmt«, antwortete ich. »Ist eine gewaltsame Entkleidung eine Verletzung...?«

Der Mann lachte nicht, er war ganz amtlich, so komisch die Situation auch war.

»Sie meinen, Sie haben sich gewehrt?«

»Haben Sie's nicht gesehen? Es war pure Notwehr!«

»Wir waren leider zu weit weg, das Moor ist viel zu groß, und wir haben nur einen Hubschrauber bekommen... Ist er tot?«

Ich zuckte die Schultern. Es war mir in diesem Augenblick vermutlich wirklich gleichgültig, heute bin ich natürlich froh, daß er überlebt hat: man darf einen Menschen nicht umbringen, weil er etwas haben will, was er jahrelang entbehrt hat.

Er ging zum Hubschrauber, dessen Rotor sich langsam weiter drehte, aber keinen Lärm mehr machte, kam mit einer Thermosflasche wieder und schenkte mir ein Deckelbecher voll heißen Tee.

»Trinken Sie das...!« sagte er, und sein sorgenvoller Blick zeigte mir, daß ich ziemlich erbarmungswürdig aussehen mußte.

»Wollen Sie ihn nicht verfolgen... oder ihn suchen? Vielleicht verblutet er?«

»Der kommt uns nicht mehr aus«, antwortete der Beamte grimmig. »Er hat vor dem Ausbruch einen Wärter umgebracht, einen Vater von drei Kindern... Wenn er Glück hat, stirbt er, ehe wir ihn finden!«

So konnte man es auch sehen. Mich fröstelte auf einmal. Der Beamte zog seine Lederjacke aus und legte sie mir um die Schultern, dann führte er mich zum Hubschrauber. Ich kletterte hinein und ließ mich als ein rechtes Häuflein Elend in den Sitz hinter dem Piloten fallen, während mein Retter über Funk eine Ambulanz auf den Sandy Way beorderte.

»Wenn Sie soweit o. k. sind, würden wir Sie gerne nach Ashburton fliegen und dort Ihre Aussage zu Protokoll nehmen«, sagte der Mann, dessen Lederjacke ich um die Schultern hatte.

»Muß das sein? Ich bin völlig fertig, müde, hungrig, durstig, kaputt...«, schluchzte ich. »Stellen sie sich vor: es war mein erster Ausflug auf britischem Boden, und gleich solche Erlebnisse... Könnten wir nicht alles morgen abmachen, oder heute nachmittag... Ich wohne in Tavistock im Hotel!«

Man widersprach mir nicht, man notierte die nötigsten Angaben, ja man nahm sogar meinen Autoschlüssel in Empfang, damit mir mein Wagen gebracht werden könne.

»Das Protokoll kommt dann eben morgen dran«, versicherte mir der Beamte, und in seinen Augen glomm ein beinahe zärtlicher Schimmer für mich auf, »und seien Sie nicht verzagt: bei uns im Süden sind Vergewaltigungen viel seltener als in London. Es müßte mit dem Teufel zugehen, wenn Sie so etwas noch einmal erleben sollten!«

Was ein sehr britischer Trost war, aber immerhin ein Trost.

Einladung ins Schloß

Als ich nach meinen düsteren Erlebnissen im Hole-Moor nach Tavistock und ins *Francis Drake* zurückgebracht wurde, machte der alte Chefportier einen Versuch, mir eine Botschaft auszuhändigen; aber der mich begleitende Constabler, der rührend um mein Wohl und Wehe besorgt war, winkte nur ab. Er wich erst von meiner Seite, als ich sicher in meinem Zimmer angelangt war und ihm zu verstehen geben konnte, ich bedürfe nun eigentlich nur noch eines heißen Bades und dann einer langen Ruhe. Der große Junge nickte verständnisvoll, überreichte mir eine Karte mit Adressen und Telefonnummern und bat mich, anderntags um halb zehn Uhr ausgehbereit zu sein, man werde mir einen Wagen schicken und mich nach Ashburton zum Protokoll bringen.

Ich lag also, ein Viertelstündchen nach dem Bad und durch das warme Wasser leider mehr angeregt als beruhigt, im Bett und las in einem Buch über Südengland, als mich ein zuckender rötlicher Lichtschein an der gegenüberliegenden Wand zu irritieren begann: Es war der Widerschein der roten Leuchtschrift, die in dem Elektrokästchen auf meinem Nachttisch immer wieder aufflammte und mir nichts anderes sagen wollte als *You have a message*. War schließlich auch an der Zeit, der schöne Eugen hätte sich längst melden können.

Ich rief den Portier an und erfuhr, daß der Baron persönlich im Hotel gewesen sei, ein Weilchen gewartet habe und danach ins Schreibzimmer gegangen wäre. Das Ergebnis dieser Bemühung, ein wohlverklebter Brief, läge in meinem Fach, es sei leider nicht möglich gewesen, ihn mir auszuhändigen.

»Dann machen Sie ihn doch bitte auf und lesen Sie ihn mir vor!«

»Aber, Mrs. Hirschmann...!«

»Doch, bitte, ich liege schon im Bett!«

»Ich schicke einen Pagen, er wird den Brief unter der Tür durchschieben!«

Da offensichtlich alle britischen Hoteltüren im Hinblick auf solche Nachrichtenübermittlungen unten zu kurz geraten sind, ging das auch glatt; das Briefchen schoß ins Zimmer, und ich riß es mit einiger Spannung auf. -- Nach so einem Tag fehlte nun nur noch, daß man mich höflich auslud und ich den Rest meines Aufenthaltes in ähnlich bedrohter Einsamkeit zubringen mußte wie den ersten Tag im Dartmoor!

Aber die Uylenburghs wußten offensichtlich, was sich schickt, oder aber ihnen war auf ihrem Schloß so unendlich langweilig, daß sie jegliche Abwechslung willkommen hießen, ohne die Ahnenreihe des Gastes zu prüfen.

›Wir holen Sie morgen zum Lunch, verehrteste Heidemarie‹, stand in dem Brief auf dem Hotelpapier, ›und das Zimmer im Hotel können Sie beruhigt aufgeben: man wird Sie hier mit offenen Armen aufnehmen.‹

Das klang ziemlich verheißungsvoll, und da mir der Sinn tatsächlich nach Schloß-Komfort und liebevoller Betreuung stand, schlief ich nun auch sehr schnell ein.

Am Morgen erwartete mich eine angenehme Überraschung: Die Polizei von Ashburton hatte meinen Wagen noch spätabends gebracht, ihn vorher aber auf das Wunderbarste gewaschen, mit Car-Plate behandelt und gewienert, er leuchtete wie ein prägefrischer Maria-Theresien-Taler aus der Wiener Münze. Der Portier übernahm es, meine Freunde nach Ashburton umzudirigieren, wohin sie es ohnedies näher hatten als nach Tavistock, und als ich mein Gepäck verstaut hatte und mich anschickte, hinter dem Polizei-Jeep herzufahren, da sah ich, daß der alte Herr hinter der Portierstheke mich inzwischen ins Herz geschlossen hatte: Er wünschte mir mit rührender Emphase einen schönen Aufenthalt und überreichte mir an Broschüren über Tavistock, Francis Drake und die Umgebung alles, was im Hotel aufzutreiben gewesen war, damit ich mich an ihn erinnere.

Das Protokoll beanspruchte mich weniger als erwartet. Trotz allem, was man in alten Edgar-Wallace-Filmen über die britische Polizei vorgesetzt erhält, vermutete niemand, daß *ich* den entsprungenen Sträfling seiner Kleider beraubt und vergewaltigt hätte; man war sicher, daß ich den Verlauf der Aktionen wahrheitsgemäß wiedergegeben hatte.

»Sie haben allerdings Glück, Miß«, sagte der das Protokoll diktierende Inspektor, »daß der Mann vergleichsweise nur unerheblich verletzt ist. Wäre er gestorben, würden wir bei allem Wohlwollen um eine komplizierte Prozedur nicht herumkommen und seine Witwe könnte, unabhängig von der strafrechtlichen Lösung des Falles, zivilrechtliche Ansprüche gegen Sie geltend machen.«

»Wie, eine Witwe hat der auch?« rief ich unlogischerweise, aber entrüstet. »Dann hätte er seinen Furor doch wirklich noch ein wenig aufsparen können . . . Wie geht's ihm übrigens?«

»Die Wunden am Kopf sind unbedenklich, und daß er

die ersten Tage nach der Wiedereinlieferung ins Zuchthaus in der Krankenabteilung zubringen darf, wird ihm nur angenehm sein – angesichts der Wut, die dort das ganze Personal auf ihn hat...«

»Das klingt, als wäre der Kopf nicht das Schlimmste?« fragte ich, von bangen Ahnungen erfüllt.

»Der Mann hat«, sagte der Inspektor ernst, »eine schwere Hodenquetschung, und da sind die Folgen wirklich noch nicht zu überblicken... Sie müssen ganz kräftig zugetreten haben.«

Angesichts dieser männlichen Solidarität kam mir nun wirklich die Galle hoch.

»Hören Sie, Inspektor«, sagte ich mit jener leisen Stimme, die ich nur aufbringe, wenn ich vor Wut koche, »ich war mit dem Mann allein auf zehn oder zwanzig Quadratkilometern. Ich war splitternackt und ihm völlig ausgeliefert, weil eine ganze Suchtruppe aus Dartmoor den Kerl nicht gefunden hatte... In so einer Lage kann ich einen Kniestoß nicht dosieren. Ich kann nichts dafür, daß die Männer ihre empfindlichsten Körperteile vor sich hertragen!«

Die Beamten blickten einander bestürzt an, dann lachten sie, vielleicht über meinen Ausbruch, vielleicht über mein Englisch. Ich griff zur Feder, überflog den Text, der nichts enthielt, was mich belasten konnte, unterschrieb und stand auf.

»So, Miß Hirschmann... das Protokoll ist beendet, der amtliche Vorgang abgeschlossen«, sagte der Inspektor und begleitete mich auf den Gang hinaus. »Sagen Sie mir jetzt ganz privat, warum Sie diesen einsamen Weg gewählt und warum Sie sich dort in so unzureichender Kleidung herumgetrieben haben...«

Ich war sprachlos. Hätte ich nicht durch ein Fenster den Golf meiner Freunde im Hof stehen sehen, ich wäre noch einmal zurück in das Dienstzimmer gegangen und hätte aus eigenem ein Zusatzprotokoll diktiert.

»Sie sind doch meiner Meinung, Inspektor, daß das Moor eine Ausflugsgegend ist?«

»Gewiß doch, Miß... sogar ein Naturschutzpark.«

»Es ist also doch wohl keine Bizarrerie, wenn ich meinen Wagen auf einem Parkplatz abstelle und losrenne, auf markierten Wegen, zu einer auf der Karte angegebenen Höhe?«

»Es *ist* eine Bizarrerie«, antwortete der Inspektor und hob den Blick anklagend zum Himmel, »kein Mensch ist dort gegangen seit Conan Doyle!«

»Woher sollte ich das wissen? Und ausgezogen habe ich mich, weil es elend heiß war und weit und breit kein Mensch zu sehen. Übrigens ist es ja nicht ganz unüblich, in einem Hosenrock und einem ganz gewöhnlichen Büstenhalter dahinzuwalzen, bei großer Hitze und auf einem sandigen Weg.«

»Der Mann gibt an, Ihre aufreizende Erscheinung habe ihn erst zu dem Überfall veranlaßt, er wollte Sie nur um Geld bitten für seine weitere Flucht.«

Ich zuckte die Schultern.

»Wenn wir noch eine Viertelstunde reden, Inspektor, habe ich ihn aus dem Zuchthaus geholt, aus lauter weiblicher Gier, als ob es zwischen Ashburton und Tavistock keine anderen Männer gäbe!«

Er lächelte versöhnt und geschmeichelt, verbeugte sich auch noch vor dem Baron und Melitta, die auf dem Hof warteten, und küßte mir sogar die Hand.

»Erstaunlich!« kommentierte Eugen von der Eulenburg trocken. »Hier scheinen hin und wieder Filme aus Wien zu laufen... Wollen Sie selbst fahren, Heidemarie, oder soll sich Melitta in Ihren Wagen setzen und Sie fahren mit mir?«

Er hatte also vernommen, was sich am Vortag begeben hatte: Als sie sich nach mir erkundigten, erzählte man ihnen alles haarklein, denn viele solcher Fälle hatte die Kriminalchronik von Ashburton ja doch nicht aufzuweisen.

»Haben Sie den Eindruck, Heidemarie, daß Sie das Unglück anziehen?« fragte Eugen, als ich neben ihm saß.

»Glauben Sie an so etwas?«

»Man möchte beinahe daran glauben. Sie wollen nach Frankreich und landen im Rhein. Sie wollen einen kleinen Ausflug ins Holne-Moor machen und werden überfallen, und das alles binnen einer Woche. Versprechen Sie mir, daß Sie auf Uylenburgh-Castle sehr vorsichtig sein werden?«

Mir wurde unbehaglich zumute.

»Lauern dort am Ende auch Gefahren?«

Der Baron beschrieb mit der rechten Hand eine jener vagen Bewegungen, die eine Antwort ersetzen sollen.

»Ich weiß es nicht. Ich war noch nie länger als ein paar Stunden dort, auch für mich war so manches neu und ... vielleicht auch merkwürdig. Das Schloß ist uralt, die Höhe, auf der es steht, war schon in vorrömischer Zeit bebaut, sie liegt wirklich prächtig über dem Dart-Valley.«

»Aber die Uylenburghs ... die sind noch nicht so alt?«

Der Baron lächelte verächtlich.

»Keineswegs. Sie haben sicherlich von Cromwell gehört?«

»Der hat doch den einen König hinrichten lassen?«

»Genau, Karl I. aus dem Haus Stuart. Danach gab es eine Weile keinen König in England, bis der geflüchtete Sohn des Hingerichteten als Karl II. aus Holland zurückkam und den Thron bestieg. Einer seiner holländischen Freunde und Berater hieß Uylenburgh, die Niederlande gehörten andererseits jahrhundertelang zum spanischösterreichischen Habsburgerreich – so hängen die mährischen und die heute englischen Eulenburgs zusammen, nur daß die hiesigen Verwandten sich eben niederländisch schreiben.«

»Und ich hatte gedacht, das sei so ein keltisch-druidischer Uradel aus König Artus' Zeiten!« maulte ich enttäuscht, denn wenn schon Adelsgeschichten, dann mußten sie uralt sein und bis in die mythischen Anfänge zurückreichen, wo noch die Zauberer bei Hof intrigierten, junge Hexlein herumhüpften und die schönsten Ritter nach vergrabenen Schwertern suchten.

Eugen lachte gutmütig:

»Sie haben natürlich recht, siebzehntes Jahrhundert ist kein sonderlich alter Adel; aber jener Stuart, der da aus Holland zurückkehrte und den Thron bestieg, dieser Karl II., der war ein Herrscher gewiß auch nach Ihrem Herzen. Er hat eine schöne Freundin nach der anderen...«

»Sie nehmen an, das hätte mir gefallen?« protestierte ich, der Form halber.

»Er förderte die Künste vor allem dann, wenn es um unanständige Stücke ging, und er war ein großer Herr, der sich mit dem Sonnenkönig in Versailles ausgezeichnet vertrug.«

»Und der hat aus einem Mynheer van Uylenburgh den ersten Earl gemacht?« wollte ich wissen.

»Genau so war es, es muß so um 1665, 67 gewesen sein. Damals gab's in London ziemliche Katastrophen, die Pest und einen riesigen Brand, und die reichen Uylenburghs halfen mit ihrem guten holländischen Geld herzhaft aus. Das konnte ein König mit allzeit leeren Kassen dann eben nur mit dem Adel belohnen und mit der Zuweisung dieses alten Schloßgrundes, den Sie da auf der Kuppe vor sich sehen, damals eigentlich nur ein

Bauplatz, nicht mehr, aber ein Bauplatz mit soliden Fundamenten, mit Kellern aus dem Mittelalter und sogar ein paar zerbröckelnden Mosaiken aus der Römerzeit. Ich bin sicher, Archie wird Ihnen dies alles mit größter Wonne zeigen!«

Ehe ich fragen konnte, wer denn dieser Archie sei, bogen wir schon in die Auffahrt ein, klommen in zwei Schleifen den Hügel hinan und fanden uns unversehens in einem nach Westen zu offenen Schloßhof. Es gab also keine Nebengebäude, keine Mauern, kein Gittertor, nur den mächtigen alten Kasten aus einer Zeit, da man noch nicht wußte, wie angenehm sich Schlösser bauen lassen, zumindest, wenn man in ihnen wohnen will.

Ein langer Mensch mit einem kleinen Kräuselbart stand am Fuß der Freitreppe, und noch ehe wir aussteigen konnten, flatterte ein weibliches Wesen die breiten Stufen herunter. Ich hatte es mit Archibald March, Neuntem Earl of Uylenburgh zu tun und seiner achtzehnjährigen Tochter Fairchild, die ihren Namen tatsächlich zu Recht trug: Sie war so lieblich, so sauber und so kindlich, wie Mädchen in diesem Alter nur noch dann sind, wenn sich ihre Weltkenntnis auf Ponys, Parks und Pädagogen beschränkt.

In der Halle – reinstes Agatha-Christie-Barock mit Regency-Elementen – erwartete uns dann Lady Anne, eine kräftige Dame, der man den holländischen Stammbaum noch deutlich ansah, nur wenn sie redete, wirkte sie sehr britisch oder bemühte sich zumindest darum. Während Fairchild und Melitta, unsere zwei Teenies, einander eine Unmenge zu erzählen begannen, führte Lady Anne den Baron und mich durch die Halle hinaus auf eine Terrasse von überraschend prächtiger Lage. Zwar waren Steingeländer und Bodenplatten schon sehr brüchig, aber der Blick über das Tal des Dart-Flusses hinüber ans östliche Ufer, die grünen Hänge in der Mittagssonne und die vereinzelten kleinen weißen Häuser in einer beinahe unendlichen Siedlungsleere, das wirkte ungemein herrschaftlich, fast so, als seien die Uylenburghs die einzigen Menschen auf soviel Erde, und alles gehöre ihnen.

»Ja«, sagte Lady Anne in meine Gedanken, »dieser Blick versöhnt mit der Einsamkeit. Wir haben vier Kilometer auf schlechten Straßen nach Ashburton und fünf Kilometer nach Buckfastleigh, das Sie dort unten in Südsüdost sehen...«

»Und die mächtigen Ruinen genau im Süden, auf dem Nachbarhügel?« fragte ich.

»Das ist zu unserem Kummer ein ziemlich besuchter Ort, nämlich Hembury Castle oder vielmehr der Trümmerhaufen, der von diesem Herrensitz übrig geblieben ist... Seit neunzehnhundert Jahren verlassen und auf einmal wieder ein Ausflugsziel! Manchmal glaube ich, die Leute steigen nur dort hinauf, um uns in die Suppenschüssel gucken zu können. Und wer da alles kommt! Ich weiß nicht, wer heutzutage Ausflüge macht; als ich ein Kind war, brauchte man dazu noch Wagen und Pferde, die paar Autos, die in unserem Land gebaut wurden, hatten im Hügelland keine Chance. Heute ist alles da, man fährt Moto-Crosses auf dem Ruinenhügel, man kampiert, ja man installiert sogar gewaltige Lautsprecher und läßt etwas über das Dart Valley hindröhnen, was meine arme Tochter als Musik bezeichnet... Kommen Sie, Miß, es gibt einen kleinen Lunch im Freien, erwarten Sie keine Wunder, wir leben hier sehr ländlich, aber es ist von allem genug vorhanden.«

Sie nahm mich an der Hand, als sei ich die alte Dame und nicht sie, führte mich an einen Stuhl aus den Frühzeiten der britischen Eisenindustrie und bedeutete mir durch ein sehr damenhaftes Nicken, ich solle ruhig Platz nehmen. Sie selbst nämlich dirigierte mit Feldherrnblick den einen vorhandenen Diener, aber es schien ihm nicht viel auszumachen: Ich hatte nach seinen Bewegungen den Eindruck, er sei nicht nur halbblind, sondern auch stocktaub.

Indessen war das Mahl angenehm. Wegen des leichten Luftzuges aus dem Tal heraus und über die Höhen waren alle Schüsseln mit Deckeln versehen wie in irgendeinem alten Märchen, und jedesmal, wenn solch ein Deckel abgehoben wurde, wartete ich darauf, daß sich nun ein Mäuslein empfehlen würde.

Die Küche war halb holländisch, halb britisch mit kolonialen Elementen aus Indonesien und Indien, also eine durchaus erträgliche Mischung; die Lady schien sich in dieser Einsamkeit auf das Mischen von Curry und den Anbau von Gewürzpflanzen verlegt zu haben, denn nach einer eher geschmacklosen, wenn auch nicht wirklich schlechten Suppe kam als Hauptgang eine Art Riz Casimir, großartig gewürzt und mit gegrilltem Lamm als Pièce de Résistance durchaus schmackhaft. Der Sancerre von der Loire war dazu etwas zu leicht, aber bitte, wir waren schließlich auf den britischen Inseln.

Von meinen Mißgeschicken wurde erst beim Kaffee gesprochen, als die beiden Mädchen sich zum Entsetzen der Lady vorzeitig empfohlen und angekündigt hatten, sie wollten auf dem Turm sonnenbaden, die warmen Tage seien hierzulande nicht so häufig. Auf dieses Stichwort hin wurde der Neunte Earl so unruhig, daß es einiger strafender Blicke bedurfte, um ihn an der Kaffeetafel zu halten. Aber auch dann noch irrten seine wässerigblauen Augen immer wieder zum Turm hin ab, als könne er von unten und trotz der Brüstung die zwei jungen Damen in ihren Lichthemden sehen.

Erst als ich meine Erzählung anhob, wandte sich sein

Altherreninteresse mir zu, und ich sah deutlich, wie er sich vorzustellen versuchte, was sich mit mir begeben hatte. Seine Blicke an meinem Körper waren jedenfalls beinahe so unangenehm wie die Hände jenes Dartmoor-Flüchtlings es gewesen waren.

»Ich verstehe nur eines nicht, mein liebes Kind«, sagte Lady Anne, als ich in meinen Erzählungen wieder notdürftig bekleidet und im Hubschrauber verstaut worden war, »wie kamen Sie ausgerechnet auf Ryders Hill? Es ist die verrufenste Gegend weit und breit, kein Mensch geht dorthin, alle kommen – Gott sei's geklagt – auf unsere Seite, also von Holne aus nach Osten, wegen Hembury Castle, wegen Buckfast-Abbey, wegen Dean Prior, wo Herrick lebte... er hat übrigens Ryders Hill verflucht, und seither ist es dort auch nicht mehr geheuer.«

Ich blickte sie alle an, einen um den andern, die zwei Männer, die merkwürdigerweise eine gewisse Familienähnlichkeit erkennen ließen in ihrer drahtigen Schlankheit, und diese Dame von vielleicht fünfzig Jahren, die noch immer gut aussah und zweifellos gesund war, aber allen Ernstes von Flüchen, verwunschenen Hügeln und anderem Spuk sprach.

»Sie glauben dies alles, Lady Anne?« fragte ich entgeistert, als ich bemerkte, daß sie es durchaus ernst meinte.

»Was heißt glauben?« fragte sie verblüfft. »Wir *wissen* es, *my dear,* wir sind doch mitten drin, wir leben damit, und würden wir die Spielregeln der Zwischenwelt nicht kennen, so könnten wir uns auf diesem Schloßberg hier keinen Tag lang halten...«

»Und vor allem«, sagte der Earl düster, »vor allem keine einzige Nacht!«

»Heißt... heißt das«, erkundigte ich mich beklommen, »daß es im Schloß... Ich meine, daß es ein Geisterschloß ist, in dem es spukt?«

Eugen, der bislang höflich geschwiegen und höchstens einmal einen beruhigenden Blick in meine Richtung riskiert hatte, hielt es nun für angezeigt, sich einzumengen.

»Es ist nicht so, wie Sie es sich nach unseren Schauergeschichten nun vorstellen, liebe Heidemarie. Diese alten Mauern bergen eben viele Erinnerungen. Generationen von Uylenburghs haben hier gelebt und sind hier gestorben, und natürlich ist irgend etwas von ihnen im Schloß zurückgeblieben, etwas schwer Erklärbares, eine Art Nachleben...«

»Verwässern Sie ruhig meine Worte, Sie Skeptiker«, sagte Lady Anne ungnädig. »Ich weiß, was ich weiß, und Sie werden schon noch eins auf Ihre schmale Nase kriegen, Eugen.«

»Jedenfalls«, fuhr Eugen von der Eulenburg mit gemacht guter Laune fort, »jedenfalls halten die britischen Schloßgeister es ungefähr so wie die korsischen Banditen: Den Touristen darf nichts Ernsthaftes passieren, sonst kommen sie nämlich nicht wieder!«

»Was mir zugestoßen ist«, sagte ich, um abzuschließen, »das hat sich jedenfalls bei hellichtem Tag und fern von jedem alten Schloß ereignet, und der Mensch, der es mir antat, war zweifellos aus Fleisch und Blut, sonst hätte ich mit meinem Stein ja nichts ausrichten können. Ich habe nach all dem keinen Grund, die Zwischenwelt mehr zu fürchten als die Wirklichkeit!«

Der Earl applaudierte leise und vornehm, Lady Anne hob die Tafel auf und der Diener schepperte hinter uns her mit einem Servierwagen, der angesichts der vielen Furchen in den Steinplatten das Kaffeegeschirr erbärmlich durchschüttelte.

»Sie werden ruhen wollen, Miß Hirschmann«, sagte Lady Anne. »Uncle Joshua wird Ihnen Ihr Zimmer zeigen; es hat die schönste Aussicht und ist einer der komfortabelsten unter den benutzbaren Räumen!«

»Wer ist Uncle Joshua?« fragte ich verdutzt, aber da verbeugte sich schon das Alterchen, das ich für einen Diener gehalten hatte und das *de facto* wohl auch einer war.

»Uncle Joshua, halten zu Gnaden, Madame, das bin ich«, sagte er, »der Achte Earl of Uylenburgh hat meine schöne Schwester geheiratet, eine der erfolgreichsten Sportlerinnen bei der denkwürdigen Olympiade von 1936... Und wir waren eben Bürgerliche und sind es geblieben, bis auf meine glückliche Schwester natürlich. Darf ich Sie nun zu Ihrem Zimmer bringen, Mrs. Hirschmann?«

Er trippelte mit einem Gang vor mir her, der nichts Olympisches mehr an sich hatte, führte mich zu einem geschickt in einer Mauerfalte versenkten Außenaufzug und von dessen oberem Ende dann über eine offene Galerie zu dem Turm, der früher einmal wohl ein Gegenstück auf der anderen Seite gehabt hatte, nun aber einsam aufragte.

»Ich bekomme ein Turmzimmer?« erkundigte ich mich nicht sonderlich entzückt.

»Wie Sie gewiß bemerkt haben, Mrs. Hirschmann, ist der Wohntrakt selbst ziemlich schmal geraten, die zwei dicken Türme waren das eigentliche Wahrzeichen des Schlosses, das inzwischen ja dreihundert Jahre alt ist... Aber Sie werden zufrieden sein, selbst bei Ostwind, der ziemlich selten ist, hören Sie nichts von der Autobahn herauf.«

So änderten sich die Zeiten. Einst mochte die Schloßburg die Talfurche beherrscht haben, die zur Erme-Mündung hinunter und damit ans Meer führte. Heute hingegen wurde der Verkehrsstrom auf der A 38 als Belästigung empfunden, vor der man nur hinter den dicken Mauern des Turms sicher war. Indessen hatten wir nur noch zwei Etagen zu steigen, dann öffnete sich mir ein reizendes kleines Apartment, das sogar einen Söller hatte und in das ein Cabinet de Toilette eingepaßt war, was einiges gekostet haben mußte.

Uncle Joshua stellte den einen der beiden Koffer keuchend nieder, den anderen hatte ich vorsichtshalber selbst getragen. Mein etwas unbedachtes Angebot eines Trinkgeldes schien ihn nicht zu kränken, er nahm die Fünf-Pfundnote mit echter Altherrenfreude, damit seien seine heimlichen Zigarren-Exzesse wieder für einige Abende gesichert.

»Da Sie so nett zu mir sind, Mrs. Hirschmann«, sagte er zum Abschied vertraulich, »gebe ich Ihnen einen möglicherweise wertvollen Tip: Der Söller hat aus geheimnisvollen Gründen eine ausgezeichnete Akustik. Sie können jedes Wort hören, das auf der Turmplattform gesprochen wird... Da Sie hier oben kein Fernsehen haben, unterhält Sie dies vielleicht...!«

Ich dankte ihm mit einem ungewissen Lächeln – es schien mir nicht angebracht, ob solcher Konfidenzen in einen Freudentaumel auszubrechen – und machte mich ans Auspacken. Hier also sollte ich nun vierzehn Tage bleiben, als nicht zahlender Gast und offenbar nach jenen freizügigen Grundsätzen, die auf britischen Landsitzen üblich sind: Ist man zu den Mahlzeiten anwesend, so kriegt man etwas zu essen, hat man etwas Besseres vor, so scheint man niemandem zu fehlen.

Der als Lauschkoje empfohlene Söller war genau genommen ein Erker mit Säulchen, und sein Dach nach oben war offen, das heißt, er mündete in eine steinerne Röhre. Vielleicht hatte es in ihr früher einmal eine Strickleiter gegeben, so daß sich heimliche Gäste auf die Turmplattform empfehlen konnten, wenn der Ehemann oder auch die Ehefrau ins Turmzimmer stürmten?

Ich hatte eben meine Kleider in den tiefen und altertümlichen Wandschränken verstaut, die alle ein wenig muffelten, als ich leise Tritte auf der Treppe vernahm, leiser eigentlich, als sie hätten sein müssen: Hier schlich jemand, hier wollte jemand nicht gehört werden!

Ich hielt den Atem an und konnte nun deutlich erkennen, daß die Schritte sich nach oben entfernten. Als sie verklungen waren, wagte ich es, bloßfüßig wie ich war, hinterher zu schleichen. Skorpione würde es in Old England ja wohl nicht geben, und vor ein paar hochherrschaftlichen Spinnen hatte ich keine Angst. Die Stufen waren kalt, aber in gutem Zustand; ich gelangte an das Eisentürchen, das auf die Plattform hinausführte, und gewahrte den alten Earl, wie er sich mit erstaunlicher Behendigkeit an die zwei in der Sonne liegenden Mädchen heranpirschte, von denen ja die eine seine Tochter war.

Der Sehschlitz in dem etwas rostigen Türblatt gestattete mir, die Szene zu beobachten, und ich fragte mich, warum denn Archie das Risiko einer Entdeckung auf sich genommen habe: Von meinem Standplatz aus hätte er die beiden Schönen ungestört beobachten können, denn sie waren in der Sonne eingeschlafen. Sie waren beide völlig nackt und boten einen Anblick, der selbst ein Frauenherz höher schlagen lassen mußte, wenn man sich einen gewissen Sinn für schöne Körper unabhängig von deren Geschlecht bewahrt hat. (So entsinne ich mich zum Beispiel einer Sportveranstaltung im August 87, einem Turmspringen der Damen in Straßburg – natürlich hatte diese zwei Stunden nur das österreichische Fernsehen übertragen, die haben ja die entsprechende Ausdauer. Ich habe damals den Vorgang, obwohl weiß Gott eine Frau und von Männern verwöhnt, außerordentlich genossen, und die hübsche holländische Siegerin, die wunderschöne, verträumt-junge russische Zweite, die gefielen mir so gut wie der smarte Sieger bei den Herren, der Niki Stajkovich.)

Der Anblick also schien den guten Earl noch nicht hinreichend zu befriedigen, er wollte offensichtlich etwas anderes, denn er schlich sich an die Damen heran, zog dann eine Papiertüte aus der Tasche und blies sie auf. Eben als ich mir sagte, so tief können die doch nicht schlafen, schlug er die Hände mit der Tüte zusammen und es gab einen verblüffend lauten Knall.

Fairchild, die Achtzehnjährige, schlug nur die Augen auf, drehte sich auf den Bauch und bot ihrem Vater eine entzückende Kehrseite, die genau so makellos braun war wie die Vorderseite; sie schien jeden Sonnentag auf dieser Turmplattform zu verbringen. Die arme Melitta Straubinger aber (wer weiß, wovon sie geträumt hatte), die fuhr auf, war vom Schlaf in der Sonne wohl auch besonders benommen und schlug die Hände vors Gesicht. Kniend, nackt und völlig desorientiert bot sie ein so rührendes Bild der Hilflosigkeit, daß ich um ein Haar hinausgestürzt wäre und sie in die Arme genommen hätte. Genau das aber besorgte Archie mit fürchterlich falsch klingenden Entschuldigungen, es sei nur ein kleiner Scherz gewesen und er habe sich nichts Böses dabei gedacht, schließlich lebe man hier auf dem Land ja stets völlig zwanglos und vor allem innerhalb der Familie.

Fairchild warf Melitta ein blaues Badetuch zu, das diese verwirrt vor den Körper hielt, wähend sie mit der anderen Hand die Haare aus dem Gesicht strich. Dabei bemühte sie sich um eine freundliche Antwort, vermutlich weil Eugen ihr eingeschärft hatte, die Gastgeber bei Laune zu halten.

»Das war nicht schön von dir, Papa«, sagte Fairchild.

»Ich bin an deine Späße gewöhnt, aber die arme Melitta wäre vor Schreck beinah gestorben... Außerdem ist sie verlobt!«

»Verlobt, verlobt!« murmelte Archie, nun selbst etwas betroffen, und das *engaged* kam unsäglich verächtlich von seinen Lippen. »Mit diesem windigen Baron, diesem Glücksritter... Ich weiß genau, was der hier sucht... Der will nicht die Lücken in seiner Ahnentafel füllen, das ist ein ganz öder und einfallsloser Vorwand. Der sucht den Schatz von Francis Drake...!«

»O pfui, Sir«, sagte Melitta, und sie hatte auf einmal Tränen in den schönen Augen. »Sie haben unsere Koffer durchsucht. Das ist aber wirklich nicht gentlemanlike!«

Der Neunte Earl of Uylenburgh richtete sich stolz auf:

»Sie scheinen einem britischen Edelmann ja allerlei zuzutrauen, nur weil mich das Alter und die Einsamkeit hier zu gewissen erotischen Späßen verleiten... Nein, Miß, niemand war an Ihren Koffern, aber wenn Sie in Ihrem Wagen Landkarten offen herumliegen lassen, auf denen Buckland-Abbey und alle anderen Gedenkorte an Francis Drake mit roten und schwarzen Tuschkreisen bezeichnet sind, dann kommt ein kundiger Mann wie ich auf den richtigen Gedanken. Und daß die mährischen Eulenburgs keinen Penny mehr haben, das ist schließlich ein besonders schlecht gehütetes Geheimnis.«

»Mir gegenüber«, schluchzte Melitta und trocknete sich mit dem Zipfel des Frotteetuches die Augen, »mir gegenüber war er immer großzügig... Nur daß wir mit meinem Wagen fahren mußten, hat mich ein wenig stutzig gemacht, er hat immer gesagt, sein Jaguar sei in der Reparatur und er müsse das Ersatzteil erst auf dieser Reise in England besorgen...!«

»Ich will Sie nicht kränken, Melitta«, sagte Archie und

ließ sich zwischen den Mädchen auf dem Steinboden nieder, freilich ohne den Blick von der Bajuvarin zu wenden, die in ihrem Kummer und mit dem blauen Tüchlein als einziger Bekleidung so süß aussah wie eine erotische Kitschpostkarte, »aber Eugen kennt mich ganz genau und leider auch meine Schwächen. Ich bin darum ganz sicher, daß er so ein entzückendes Geschöpf wie Sie in erster Linie mitgenommen hat, um mir altem Adelstrottel den letzten Rest von Verstand zu rauben. Und wie Sie eben gesehen haben, ist ihm das auch gelungen!«

Ich hielt den Atem an. Das war zwar alles nicht so vollkommen neu, daß man daran hätte zweifeln müssen, aber es war doch sehr unerwartet. Es bewies sich wieder, daß man in die Menschen nicht hineinschauen konnte. Für den großen und smarten Eugen von der Eulenburg hätte ich meine Hand ins Feuer gelegt – wenn man sich auf das alte Österreich nicht mehr verlassen konnte, was blieb einem denn dann!

Von Melittas Schluchzen aus ihrer Lethargie aufgerüttelt, erhob sich Fairchild und nahm die neue Freundin in die Arme.

»Du könntest sie jetzt in Ruhe lassen, Dad«, sagte sie ohne jede Zärtlichkeit für den Mann, der noch immer kein Auge von den beiden Mädchen wenden konnte. Man fühlte förmlich, daß er es wollte, ja daß er unter der Situation litt, aber seine Veranlagung war offensichtlich stärker. »Es ist dein Pech, Dad, daß wir Uylenburghs zu anständig sind, miteinander zu schlafen. Zwar würde uns kein König mehr dafür umbringen, wie es früher hierzulande geschehen ist, aber Mammy würde es nicht überleben. Also gib dich zufrieden mit dem, was du hast und was du siehst... Und den sauberen Eugen aus Old Austria, den werde ich mir vorknöpfen: wenn du heute nacht jemanden winseln hörst, dann ist es nicht Uncle Joshua, sondern dieser saubere Vetter!«

Sie half Melitta in ihr Sommerkleidchen und wandte sich dabei ihrem Vater, aber auch mir zu. Sie war tatsächlich wunderbar gebaut, ein Bild von einem jungen Menschen. Als sie den Blick hob, meinte ich schon, sie hätte hinter dem Sehschlitz meine Augen bemerkt, aber ihr Blick glitt unbeteiligt weiter, es war noch einmal gutgegangen. Ich machte mich behutsam an den Abstieg, vielleicht würde der Earl mir auf dem Rückzug einen Besuch abstatten, und auf den wollte ich vorbereitet sein.

Tatsächlich lag ich kaum auf meinem Bett, als es schon an der Tür kratzte, vermutlich hielt man es auf diesem Schloß so wegen der dicken Bohlen, an denen man sich die Knöchel wundpochen konnte, ehe ein Laut nach drinnen drang.

»*Come in*«, rief ich, nicht ohne Herzklopfen, »es ist nicht abgesperrt!«

Die Verriegelung hob sich lautlos wie in Gespensterfilmen, was am hellen Nachmittag freilich nicht sehr unheimlich war, und dann stand Archie March, der Neunte Earl of Uylenburgh, in seiner ganzen Länge vor mir, ein wenig bekümmert und gebeugt, er hatte ja schließlich gerade eine Abfuhr erlitten, aber doch ansehnlich, ein Herr auf seinem Grund.

»Nehmen Sie Platz... ich darf doch Archie sagen?«

Er lachte knarrend, möglicherweise hatte er seit Monaten nicht mehr gelacht.

»Sie bereiten mir eine große Freude, Heidemarie...«, sagte er langsam, so wie man zu Kindern spricht, von denen man ganz genau verstanden werden will, »Sie können sich gar nicht vorstellen, wie öde dieser Sommer verläuft... Alle gehen an die See, niemand kommt uns besuchen, es ist wie verhext, seit die Regenwolken sich alle auf den Kontinent begeben haben und bei uns hier die Sonne lacht... so einen Sommer hat Südengland seit Jahren nicht mehr gesehen!«

»Das sollte Sie aber nicht bekümmern, Archie. Ich bin froh über das gute Ausflugswetter. Ich kenne England kaum, ich habe so viel zu lernen und möchte so allerlei wissen!«

»Zum Beispiel?« fragte er gut gelaunt.

»Zum Beispiel wer dieser Francis Drake war...!«

Seine Kinnlade fiel so plötzlich herab, daß ich mir das Lachen nur mit einer beinahe übermenschlichen Anstrengung verbeißen konnte.

»Drake...?« wiederholte der Earl und tat so, als müsse er angestrengt nachdenken. Dann räusperte er sich umständlich und sagte: »Das ist doch der mit der Trommel... *Drakes drum*, genau, das ist es... Eine alte Trommel von einem seiner Schiffe, die steht jetzt in irgendeinem Museum, und wenn England Gefahr droht, dann fängt sie von sich aus zu dröhnen an!«

»Hat sie beim Großen Blitz gedröhnt?« wollte ich wissen. »Ich meine, wie die Deutschen London bombardierten und Coventry, und wie dann die V-2-Raketen losflogen?«

Archie erhob sich und sah mich prüfend an.

»Sie halten uns alle für rückständige Spintisierer, dafür halten Sie uns doch? Ihr drüben auf dem Kontinent, ihr habt ja keine Ahnung, was sich auf unserer Insel zwischen Himmel, Erde und Meer alles zuträgt.«

Ich wollte ihn versöhnen und mimte das kleine Mädchen.

»Aber über den alten Francis Drake haben Sie mir noch immer nichts gesagt. Der muß doch sehr berühmt sein, wenn ein Hotel in Tavistock nach ihm heißt und ein riesiges Denkmal an der Straße herumsteht!«

Archie trat zu einem Wandregal, auf dem ein paar Dutzend verstaubter Bücher nebeneinander standen; aber er wußte immerhin, was er suchte, griff nach einem dicken blauen Band und warf ihn mir ziemlich unsanft aufs Bett:

»Da steht mehr drin, als Sie in zwei Wochen lernen können, Heidemarie«, sagte er, und in seiner Stimme schwang soviel Ärger, vielleicht aber auch Müdigkeit, daß er mir für einen Augenblick leid tat. Er war wohl nicht mehr weit von sechzig, seine kokette Tochter war viel zu jung und viel zu schön für ihn, er hätte sich ein ruhiges Alter verdient gehabt – und nun brachen auch noch Eugen und Melitta in den Frieden dieses Schlosses ein...!

Die Tür schloß sich hinter dem Grafen, ich sprang aus dem Bett, warf den schweren Riegel vor, riß alle Fenster auf und machte mich über das Buch her, ein tatsächlich unendliches Werk, das mir die Zeit auf Uylenburgh-Castle auch bei strömendem Regen vertreiben konnte, denn es handelte sich um *The Oxford illustrated Dictionary,* Second Edition, tausend Seiten, dreispaltig bedruckt... In einem Wörterbuch sollte ich etwas über den alten Seefahrer finden?

Ich blätterte um und fand *drake,* n., Male duck. Hieß das nun schlechte Ente oder männliche Ente?

Darunter aber stand *Drake,* Sir Francis (1540?–1596), was wohl bedeuten sollte, daß man sein Geburtsjahr nicht genau kannte. Kokett war er also auch gewesen, der alte Knabe. Zudem war er auf einem Schiff, das *Die goldene Hirschkuh* hieß, um die ganze Welt gesegelt und hatte den Spaniern unendliche Schätze abgenommen. Dann hatte er auch noch gegen die Armada gekämpft, war von Queen Elizabeth I. zum Ritter geschlagen worden und im Reichtum gestorben. Das also war es, das, was andere unternehmungslustige Männer und Mannschaften unter dem Einsatz großer Mittel auf den westindischen Inseln suchten oder gar auf dem Meeresboden! Eugen von der Eulenburg, der weder Geld noch Wagemut besaß, wollte Seeräuberschätze auf dem festen Land heben, und er glaubte, die Uylenburghs besäßen jenes Wissen, das ihm fehlte.

Spuk und Liebe auf allen Treppen

Um mir vor dem Abendessen die Beine noch ein wenig zu vertreten, hatte ich die kleine Kammwanderung hinüber nach Hembury Castle auf mich genommen. Es war ein angenehmer Weg und ich beschloß, ihn noch öfter zu machen. Zur Linken hatte ich den Hügelabfall ins Dart-Tal und jenseits des Flusses die in der Ferne dahinrauschenden Autos auf der A 38. Ashburton lag in leichtem Dunst, nur die Leuchtreklame eines Motels blinkte rot in die einfallende Dämmerung. Buckfast-Abbey im Südosten war schon angestrahlt, ein kurioser Neubau, den ein paar französische Mönche aus eigenem aufgeführt haben sollen, beraten von einem einzigen Maurer und einem Architekten. Im blassen Licht der Gartenstrahler wirkte der saubere Bau wie aus Zuckerguß, ganz anders als die Schlösser, die hier die Hügelrücken zierten. In so einem niedlichen Neubau, noch dazu von jungen Mönchen errichtet, da gab es ganz gewiß keine Schätze zu holen.

Zurück im Schloß bedeutete mir Uncle Joshua, der eilig hin und her trippelte, ich hätte gerade noch Zeit, mich zum Abendessen umzuziehen, man sei bald soweit. Was das im einzelnen besagen wollte, war mir zwar nicht klar, vor allem, da ich mich an die britische Sitte, sich auch an Sommerabenden herauszuputzen wie fürs Glyndebourne-Festival, nicht gewöhnen konnte. Überdies war meine Garderobe ziemlich zerknittert, wie das leichte Stoffe eben so an sich haben; aber wer fährt schon im Hochsommer mit Harrys Tweed los!

In der Hoffnung, Melitta ein wenig entlasten und das Interesse des Earl auf mich ziehen zu können, wählte ich ein Sommerkleid aus blauem Leinen, das Schultern und Rücken unbedeckt ließ, und bekleidete meine Arme ein wenig zu üppig mit Modeschmuck-Reifen, die ich seltsamerweise in einer Papierhandlung in der Wiener Bognergasse gefunden hatte. Damit wirkte ich vermutlich ein wenig exotisch. Da ich keine Zeit mehr hatte, mir die Haare zu waschen (und vor allem, sie danach zu trocknen), steckte ich sie auf und legte ein turbanartiges blaurotes Stirnband herum, ein wenig knallig, aber wenn die Schloßherrschaft schon auf Galadinner machte, dann sollte sie auch ihre Show haben.

Ich hatte mich nicht getäuscht: Da es vier Damen gab und nur zwei Herren, wetteiferten wir blöden Geschlechtsgenossinnen, als wären die zwei nicht ohnedies in festen Händen. Lady Anne hatte ihre immer noch straffe Fülle in einer Weise enthüllt, daß man kaum wußte, wohin man blicken sollte, ohne indiskret zu sein. Offensichtlich hatte sie seit einigen Jahren nicht mehr schneidern lassen und die Kontrolle darüber verloren, was ihr Dekolleté alles preisgab.

Melitta, die im Grunde eine Dirndlfigur hatte, war am schlechtesten dran, denn so ein exotisches Kleidungsstück durfte man hier natürlich nicht anziehen. Sie trug über einem Futteralkleid, das knapp über den Brüsten abschloß, einen Bolero aus dem gleichen Gewebe, Leinen, mit Seidenfäden durchwirkt, die im Licht des gewaltigen Lusters wirkungsvoll aufblinkten.

Den Vogel schoß jedoch Fairchild ab; sie hatte sich in einen Sari gewickelt und dazu ein Diadem in die blonden

Haare gedrückt, das mit grünen Steinen geradezu feenhaft blitzte. Der Sari war aus weißer Gaze gewirkt und nur dort undurchsichtig, wo er doppelt lag, und das hatte die raffinierte Kleine durch ihre Wickelkünste geschickt vermieden. Über der Brust, wo das Kunstwerk zusammengehalten werden mußte, um sich nicht in Banderolen aufzulösen, leuchtete ein einziger großer Chrysopras.

Ich sah, wie es dem alten Earl die Rede verschlug, und ich sah auch, wie Lady Anne die Zornesröte ins Gesicht stieg ob der Tenue ihrer Tochter. Mit Rücksicht auf uns Gäste sagte sie jedoch nichts, ich hörte nur, wie sie ihr, ehe Fairchild sich setzte, böse zuzischte:

»Ebensogut hättest du nackt kommen können!«

»Das nächste Mal, Mama«, antwortete die Tochter schnippisch und ließ sich Eugen gegenüber nieder, ich hatte den Earl zur Rechten an der Schmalseite, die andere Schmalseite wurde von der Hausfrau eingenommen. Beim Servieren hatte Uncle Joshua glücklicherweise die Hilfe einer jungen Magd aus der Küche, sonst wären wohl zumindest die Gänge mit Suppe und Saucen eher auf dem Tischtuch gelandet als in unseren Mägen.

Da wir uns alle ziemlich steif hielten, die Stühle mit den hohen Rückenlehnen aus cordovanischem Leder ließen keine andere Haltung zu, mußte das Bild für die beiden Herren höchst anregend sein, vor allem, als auch Melitta, vom Essen erhitzt, ihren Bolero fallen ließ. Man sah die kleinen Brustlätze und darüber die fleischliche Pracht von vier bloßschultrigen Damen, die im Eifer des Gefechts längst nicht mehr darauf achteten, was die Oberteile aufführten, wenn man nach einer Schüssel griff oder sich mit Salz und Pfeffer versorgte. Uncle Joshua war mit dem Nachschenken beschäftigt, denn Melitta hatte einen ganzen Karton Frankenwein mitgebracht, dem Archie lebhaft zusprach, und die Kleine aus der Küche war verschwunden, um ihr Meisterwerk zu überwachen, ein Soufflé, das in einem so hohen und zugigen Raum natürlich ein besonderes Wagnis bedeutete.

Das Essen ging an, schließlich waren in dieser Beziehung die niederländischen Traditionen jenen aus England doch deutlich überlegen. Die Fasanen-Consommé hätte eine kleine Einlage gebrauchen können, war aber einwandfrei im Geschmack. Danach kam frischer Fisch von der Dartmündung, wie ihn die Händler seit Jahrhunderten vom Morgenfang in die umliegenden Orte brachten, eine Art Dorade, die ganz einfach in Butter herausgebraten war und ausgezeichnet schmeckte. Den Hauptgang bildete der Fasan, den Archie aus dem Gehege geopfert hatte, offensichtlich weniger seines Verwandten wegen als um auf die weiblichen Gäste Eindruck zu machen. Es handelte sich allerdings um ein etwas angejahrtes Tier, aus dem die langen Sehnen in der Küche hätten entfernt werden müssen. Da man dies übersehen hatte, begann bei Tisch ein aufreibender Kampf gegen die langen, zähen Dinger, die sich weder zerbeißen noch zerreißen ließen und, wenn sie endlich auf dem Teller landeten, aussahen wie Catgut, das man eben aus einer Operationswunde entfernt hatte.

Melitta kämpfte mit der größten Hingabe, offensichtlich wollte sie dem Hausherrn die Blamage ersparen, seine Tafelspende als ungenießbar zu bezeichnen, und je mehr sie sich mühte, desto tiefer rutschte ihr Leinen-Seide-Kleidchen von ihrer üppigen Brust. Als sie's dann geschafft hatte, als die Fasanenkeule wohlpräpariert auf ihrem Teller lag und nur noch verzehrt zu werden brauchte, sah sie aus wie jene Tanagrafigürchen aus dem vierzehnten vorchristlichen Jahrhundert, die

Damen in altkretischer Tracht zeigen, mit hübschen runden und völlig entblößten Brüsten.

Lady Anne räusperte sich bedeutungsvoll, Earl Archie sandte ihr einen flehentlichen Blick über die ganze Länge des Tisches zu, Melitta selbst erkannte die Bescherung, hatte aber begreifliche Hemmungen, mit den fetten Fingern an ihr Kleid zu fassen, und so war es denn der neben ihr sitzende Eugen von der Eulenburg, der nach einem entschuldigenden und um Verständnis bittenden Blick in die Runde den oberen Rand des Kleides ergreifen und so weit nach oben ziehen mußte, als sich dies im Sitzen tun ließ – viel war es freilich nicht.

Fairchild, die alles ganz genau verfolgen konnte, lachte hell und höhnisch auf. Archie senkte den Blick enttäuscht auf seinen Teller, und die Mienen erhellten sich erst wieder, als das Mädchen aus der Küche feierlich schreitend das Soufflé hereintrug und zwischen uns auf den Tisch setzte.

Wir hatten alle kräftig getrunken, der Fasan hatte schließlich durstig gemacht, vor allem, da wir ja weiß tranken statt, wie es sich gehört hätte, einen roten Burgunder oder wenigstens einen Bordeaux. Die Stimmung war auf ihrem Höhepunkt, das Soufflé war gelungen (ich hatte im stillen eine Art Plumpudding befürchtet), und als wir uns ins Rauchzimmer zurückzogen, auch die Damen, kündigte sich für mich ahnungsvolles Gemüt eine Massenorgie an, so sehr war selbst Lady Anne in Fahrt geraten.

Der Earl war ein Scotchtrinker, soviel hatte man mir zugeflüstert, und ich hatte, entschlossen, ihn auf Pure Malt umzupolen, sechs Flaschen von einem Single Highland Malt mitgebracht, die lebhaft akklamiert wurden. Ich hatte in Ashburton, vor dem Gespräch auf der Polizei, nicht allzuviel Zeit gehabt und vergeblich nach einem Whisky von den Inseln gefahndet: Kein Islay, kein Jura und natürlich schon gar nicht die heilige Insel Jona, wo möglicherweise überhaupt kein Whisky gebrannt wurde. Aber was ich aufgetrieben hatte, ein Halbdutzend Flaschen *Balblair pure Highland Malt*, zwölf Jahre alt, *bonded and bottled* (wie das schon klingt) *by Gordon & Macphail in Elgin, Schottland*, war ganz offensichtlich nicht von schlechten Eltern; der Rauchgeschmack jedenfalls war umwerfend, ein Aroma, das schon beim zweiten Glas die herrlichsten Hohlräume im Gehirn zu schaffen schien und vielleicht auch tatsächlich schuf.

»Zwölf Jahre«, sagte Lady Anne geringschätzig, »im allgemeinen trinke ich nur zwanzigjährigen Whisky!«

»So siehst du auch aus«, sagte der Earl böse und mit jener Unhöflichkeit, die stets eine allgemeine Auflösung der Tischsitten ankündigt, »das ist ein völlig unbegründeter Snobismus. Mehr als zwölf Jahre bringt überhaupt nichts mehr, und dieser Balblair da war vermutlich auch mit zehn Jahren schon so gut, wie er jetzt ist... ein herrliches Gesöff, Heidemarie, Sie haben sich Verdienste um das Haus Uylenburgh erworben!«

Glücklicherweise war niemand auf den Gedanken gekommen, die üblichen After-Eight-Knabbereien zu reichen, die mit ihrem dominanten Pfefferminzgeschmack alle anderen Valeurs kaputtmachen. Hingegen stand eine große Dose mit bretonischen Butterkeksen auf dem Tisch, denen ich immer wieder zusprach.

Es gab Ledersessel, aber irgendwann mußten sich Ritter mit ihren schweren Rüstungen darin niedergelassen haben, denn man versank in ihnen in hilflose Unendlichkeiten. Melitta, ungewarnt, war in den braunen Tiefen verschwunden und ruderte nur noch mit den Beinen in unserem Gesichtsfeld herum, alles andere war unsichtbar, und ihre verlegenen Hilferrufe beachtete niemand.

Der Earl, der seine Sessel und ihre Tücken natürlich kannte, hatte seiner Frau den tauglichsten unter den beachtlichen Hintern geschoben und den nächstbesten selbst erwählt, Fairchild aber hatte die untersten Wicklungen ihres Sarongschleiers zusammengeschoben und sich mit dem solchermaßen erzeugten Minikleid auf einen Hocker niedergelassen, den ein Lederkissen aus Kamelhaut zierte. Sie ritt gleichsam mit bloßen Schenkeln auf einem schmucken Holzpferd und bot so ein Bild von anregendster Obszönität. Eugen warf sich sogleich auf den indischen Teppich zu ihren Füßen (es war ein Persermuster, aber ich wußte, daß die Uylenburghs alle in Indien gedient hatten und konnte mir nicht denken, daß sie einen echten Täbris im Rauchsalon und unter einem Halbdutzend schwerer Fauteuils versteckten). Der offensichtlich schon ziemlich betrunkene Chevalier aus Mähren legte seine Wange an die bloßen Knie der schönen Achtzehnjährigen, was insofern ungefährlich war, als Melitta in ihrer Versunkenheit allenfalls den Luster und die Stuckdecke sehen konnte, sonst aber nichts.

Da ich nicht die Absicht hatte, ein Schauspiel zu geben, sah ich mich nach vertrauenerweckenden Möbelstücken um und entdeckte ein Ledersofa, bezogen wie die Fauteuils, das aber einen soliden Holzrahmen hatte, also wohl nicht völlig aus dem Leim gehen würde. Dort lagerte ich mich, was den Vorteil hatte, daß ich endlich die Beine hochlegen konnte.

Archie, ferne Casino-Erinnerungen aus Haiderabad im Kopf, versuchte, ein Pfänderspiel zu organisieren, stieß aber auf wenig Gegenliebe: man hatte zuviel gegessen und vor allem zuviel getrunken.

»Von mir aus«, ächzte der Neunte Earl von Uylenburgh, »dann soll Uncle Joshua die Würfel bringen.«

»Du bist meschugge«, sagte Lady Anne, welches jiddische Wort in ihrem Sprachgebrauch wohl nur dann auftauchte, wenn sie völlig beschickert war. »Wir sollen uns alle drei Minuten aufsetzen, vorbeugen, würfeln, Augen zählen und so weiter, nur weil du nackte Weiber sehen willst?«

Damit sank sie nicht sonderlich ladylike in ihren Sessel zurück, stopfte sich drei Kekse auf einmal in den Mund und trank ihr Glas auf einen Satz leer, wonach sie nur noch leise röchelte.

»Eines steht fest«, flötete der Baron aus seiner schmachtenden Haltung, »wir alle, wie wir hier sind, empfinden unsere Kleidung nur als Behinderung... Ich hätte nie gedacht, daß es in einem alten Schloß so heiß sein kann!«

Der junge und schlanke Herr aus Mähren hatte natürlich keine Bedenken, sich zu entblößen, und konnte nur gewinnen, weil er an allen anwesenden Damen – wenn auch mit unterschiedlicher Intensität – interessiert war. Aber so eine schlicht-bürgerliche Ausziehparty entsprach keineswegs meinen Vorstellungen vom Ende dieses Abends, der doch recht gut begonnen hatte.

»Ich wünschte mir für diese Vorgänge doch ein wenig Poesie«, sagte ich leise, aber die röchelnde Lady hatte mich gehört und reckte ihre dicken Ärmchen, als wolle sie mir um den Hals fallen.

»Oh!« schrie sie mit einer vor Begeisterung überkippenden Stimme. »*That's continental... I also need poetry...*«

Wie immer, wenn niemand wußte, wie es weitergehen sollte, wurde Uncle Joshua gerufen. Er erschien auch, nur hatte er nicht mehr den untadeligen Butler-

Cut an, sondern seine schwarze Hose, ein weißes Hemd mit Manschetten und tiefschwarze Hosenträger, die dort, wo sie auf dem Rücken zusammenliefen, bedenklich ausgefranst waren. Er wartete in seiner liebenswürdig-devoten Haltung, bis ihn Lady Anne mit unserem Problem vertraut gemacht hatte.

»Wenn ich mir einen Vorschlag gestatten darf«, sagte er und sah ein wenig unsicher in die Runde, »dann müßte man zunächst Miß Melitta retten. Wenn sie noch lange so zusammengefaltet liegen bleibt, alle Gänge des Abendessens im Bauch, erstickt sie nämlich. Ihre Schreie jedenfalls werden schon schwächer.«

Betroffenes Stimmengewirr zeigte mir, daß niemand die Lage der süßen Bajuvarin bemerkt hatte, obwohl ihr Beinchengerudere doch recht sehenswert war. Der Earl und sein degradierter Onkel ergriffen, was Melitta ihnen entgegenstreckte, zogen daran und stellten alsbald ein niedlich anzusehendes Weibswesen auf den Teppich, das sein noch kleiner gewordenes kleines Abendkleid als einen Turban um den Kopf trug und im übrigen mit einem Slip bekleidet war, der in jeden der vorhandenen Aschenbecher gepaßt hätte. Sie schluchzte nur noch leise, was in dem allgemeinen Ah übrigens vollkommen unterging.

»Gestatten Sie, verehrteste Melitta, daß ich Sie von dieser gräßlichen Schärpe befreie«, sagte der Earl, tat einen raschen Schritt und hatte das Kleid in der Hand. Uncle Joshua, schnell von Begriff, verbeugte sich diensteifrig und nahm es an sich; was zurückblieb, war eine verwirrte Schöne auf einem indischen Teppich, und das, was sie noch auf dem Leib trug, konnte man um so eher vergessen, als es keineswegs dort saß, wo es sitzen sollte.

»Sie sind gerettet, Liebste«, sagte Lady Anne, »und

Sie stehen so attraktiv in unserer Mitte, daß Sie es sicherlich nicht ablehnen werden, uns nun endlich mit jenen Poesien zu versorgen, oder besser gesagt zu erfreuen, nach denen es mich ebenso verlangt wie Miß Hirschmann... Kümmern Sie sich dabei nicht um die beiden Männer, die sind Banausen und werden nur auf Ihre Brüste starren, während wir anderen Lyrik hören!«

Uncle Joshua erschien wieder, diesmal hatte er sogar den Cut angezogen, weil er nun nicht mehr so überrascht war, und präsentierte auf einem Silbertablett einen schmalen Band mit Goldschnitt. Melitta, wie in Trance und zweifellos ebenfalls beträchtlich alkoholisiert, nahm das Bändchen und schlug es auf.

»Aber bitte...«, sagte sie, »das ist ja englisch...!«

»Das wollen wir doch hoffen!« antwortete Archie mit rauher Stimme; es war zu erkennen, daß Lady Annes Diagnose nur zu berechtigt gewesen war: die zwei Männer verschlangen mit glänzenden Blicken das Mädchen, das so gut wie nackt und vom Licht der vielen Kerzen überflutet in der Mitte des Zimmers stand. Sie sah ein wenig aus wie die Unschuld mit den Sterntalern und hob nun mit verzweifelter Entschlossenheit den Band ins Licht.

»*From Endymion*«, sagte sie leise.

»Keats, ausgezeichnet!« stellte Archie fest, aber seine Frau gebot ihm mit einer wütenden Gebärde Schweigen.

A thing of beauty is a joy for ever
It's lovileness increases; it will never
Pass into nothingness; but still will keep
A bower quiet for us, and a sleep
Full of sweet dreams, and health, and quiet breathing...

Weiter kam sie nicht, und mehr möchte ich meinen Lesern auch gar nicht zumuten. Es war das wirklich poetische Bekenntnis zu Schönheit und Unschuld, wie es

John Keats einem Knaben auf den Leib gedichtet hatte, aber jeder von uns hatte es natürlich auf Melitta Straubinger bezogen, dieses hübsche und junge Geschöpf aus den frömmsten Gegenden des Bayernlandes.

Archie und Lady Anne applaudierten, Fairchild rief mit ihrer hellen Stimme *da capo*, und der Baron hatte, voll von Whisky und schlechtem Gewissen, sein Schmachtelager verlassen, war aufgesprungen und stürzte auf Melitta zu, um sie in die Arme zu schließen.

Eine seiner Ordensspangen, die er völlig überflüssigerweise auch am Dinnerjackett trug, hatte sich dabei in den Sarong von Fairchild verfangen, und als er so heftig auf und davon stürzte, wurde das schöne Mädchen auf sehr unsanfte Weise des größten Teils ihrer Banderolen beraubt und ritt nunmehr wie eine zweite Lady Godiva auf ihrem Kamelhauthocker, ein Restchen Sarong mit dem großen Chrysopras um den Hals und das grünfunkelnde Diadem im blonden Haar.

»Goddam!« sagte Archie March, Neunter Earl of Uylenburgh, »so hätten wir das nie hingekriegt, wenn wir's arrangiert hätten!« Er setzte sich höchlichst befriedigt und faßte dann mich ins Auge, die einzige der jüngeren weiblichen Personen, die noch *comme il faut* bekleidet war.

»Ich verstehe Ihre stumme Bitte, Earl«, sagte ich und tat ein paar verheißungsvolle Handgriffe, aber so langsam wie jene Stripteaseusen, die mit vier Kleidungsstükken einen ganzen Abend füllen müssen, »aber ich verlange auch etwas für Lady Anne und mich: Der Baron von Eulenburg möge dazu verurteilt werden, sich ebenfalls zu entkleiden und bar jeglicher Hülle seiner Melitta dann den Slip auszuziehen – und zwar mit den Zähnen!«

Der Applaus war so rauschend, wie ihn zwölf Hände eben zustande bringen können (wozu zu sagen ist, daß ich mir keineswegs selbst applaudiert hatte: es war Uncle Joshua, dem mein Vorschlag so gefiel).

Lady Anne aber rief aus ihrem Fauteuil:

»Miß Hirschmann, Sie sind eine Frau von meiner Couleur. Zum zweitenmal an diesem Abend erraten Sie meine Wünsche!«

Eugenius Reichsfreiherr von der Eulenburg entledigte sich des allgemeinen Auftrags mit der schönen Desinvolture jener Geschlechter, die im Lauf der Generationen so ziemlich alles erlebt haben, was auf bessere Herren zukommen kann – vom Prager Fenstersturz bis zur Gegenreformation, der die Vorfahren unseres Eugenius offensichtlich ihren Adel verdankten (vordem nämlich waren die böhmisch-mährischen Besitzungen ja in den Händen von Protestanten gewesen). Schlank und groß, nackt wie der heilige Sebastian, nur glücklicherweise weniger von Narben geziert, ging der Baron aus Mitteleuropa an die restlose Entschleierung der fränkisch-bayrischen Venus, die er leichtsinnig mit nach England genommen hatte und deren liebliche Fülle ihm nun eine Komplikation nach der anderen bescherte. Wie hätte er auch ahnen sollen, daß ich, der erotische Schnittlauch auf seinem feinen Süppchen, mich für dieses junge Geschöpf aus Deutschlands zurückgebliebenster Gegend (welch ein Superlativ!) interessieren würde und entschlossen war, sie vor jeder Teilnahme an einem Verbrechen zu bewahren?

Was im Augenblick geschah, war freilich noch kein solches, sondern allenfalls eine läßliche Sünde, und da Melitta Straubinger sich auch nicht wehrte, sondern angesichts der allgemeinen Erwartung duldsam-lächelnd der eigenen Entblößung entgegenharrte, hatte der Vorgang nichts Gewaltsames an sich, sondern glich vielmehr einer Huldigung.

Old Archie war der erste, der die Contenance verlor und die vornehme Distanz des Betrachters nicht mehr zu wahren vermochte. Er stemmte sich aus seinem Fauteuil hoch, aber nur, um auf den Knien zur Teppich-Mitte zu rutschen und dort seinen nur noch schütter behaarten Kopf in Melittas blankem Schoß zu vergraben. Ich zürnte ihm; die rasierte und epilierte Leibesmitte der Schönen hatte nämlich etwas wahrhaft Rührendes an sich gehabt, das auch bei mir leise zuckende Schläge in den sensiblen Partien des Unterleibs ausgelöst hatte, was man von dem Anblick dieses von Akne akzentuierten gräflichen Kahlkopfes beileibe nicht behaupten konnte. Also vollendete ich die auch mir angetragene Entkleidung, denn Außenseiter-Rollen lagen mir niemals, und begab mich an die Seite der Lady, die an diesem Abend ihre Sympathien für mich so deutlich hatte erkennen lassen. Natürlich rückte ich ihr nicht auf den Pelz, obwohl die Frau durchaus anziehend geblieben war; ich suchte lediglich ihre Nähe und ihr Gespräch, weil die anderen ja beschäftigt waren und ich nichts hätte unternehmen können, ohne mich zu verraten: denn so sicher ich war, daß die kleine Melitta Straubinger kein taugliches Werkzeug für die Hebung eines geheimen Schatzes sei, so sehr gelüstete es zu dieser vorgerückten Stunde mich selbst, in diese riskante Unternehmung eingebunden zu werden. Ich gebe zu, daß der zwölf Jahre alte Balblair-Whisky das Seine zu diesem Entschluß beigetragen haben mochte, vielleicht auch die nunmehr offensichtlichen Qualitäten des Reichsfreiherrn (die dem Geschlecht, wenn derartiges alle Männer der Familie auszeichnete, gewiß so manche deftige Mitgift eingetragen haben mochten, so manchen schönen Gutshof mit Ländereien zwischen Schneekoppe und Beskiden).

»Haben Sie ihn schon gehabt?« fragte Lady Anne mit

breitem Augurenlächeln und legte mir ihren weichen Arm um die Schultern.

»Aber Lady Anne, wer wird so etwas fragen!« protestierte ich, alles offen lassend.

»Es hört uns doch keiner... aber für mich wächst derlei ja doch nicht mehr!« seufzte sie.

»Aber der Earl ist doch ganz gut beisammen, und Sie sind eine sehr begehrenswerte Frau!«

Sie strahlte dankbar.

»Wir haben uns nur«, sagte sie leise und zog mich näher an sich, »wir haben uns nur in unserer Schloß-Einsamkeit vom Natürlichen und Richtigen allzuweit entfernt. Indien hat ihn verdorben, obwohl er damals noch ein ganz junger Fähnrich war. Es ist die Unterwürfigkeit des eingeborenen Personals gewesen, die ihn verdorben hat... Heute wäre es wieder leicht, Farbige zu bekommen, sie wären auch nicht teuer. Aber ich habe Angst, daß sie uns die Kehle durchschneiden, darum muß der alte Archie seine Hindumädchen ebenso entbehren wie die kleinen schwarzen Tamilengören, die, wie man sagt, in der Horizontalen alles können. Wir nehmen nur Mädchen aus den Dörfern; das Schloß ist bekannt, hier gedient zu haben, ist eine Empfehlung, darum kommen sie ganz gern und dulden es, daß Archie ihnen unter die Röcke faßt – mehr tut er nicht, weil er ja selbst nicht möchte, daß rings um uns Gerede entsteht.«

»Und London?« fragte ich, bedrückt vom Tonfall der Resignation in ihrer Stimme. »Wo sind Sie denn im Winter?«

»London, Liebste, ist teuer. Wir können ja nicht in einem Zweizimmer-Flat in Soho leben. Also gehen wir im Winter stets an die Côte, da gibt es billige Ecken und nicht so viele Bekannte, und es macht sich gut, wenn man sagt, die Uylenburghs verbringen die kalte Jahreszeit an der Côte d'Azur... Wir haben auch schon an Langzeiturlaube auf Mallorca gedacht, aber dort sind uns zu viele Deutsche!«

»Und inwiefern haben Sie sich von der Natur entfernt?« wollte ich wissen, da mir der alte Earl am durchaus richtigen Platz zu graben schien.

»Mein Gott, natürlich nur, wenn's um mich alte Scharteke geht. Wie soll ich ihm denn noch die nötigen Hitzen einblasen? Wir spielen – wenn wir uns einen Sex-Abend vorgenommen haben – ein Spiel, das wir Nena Sahib nennen. Auf dem Kontinent wird man ihn nicht kennen, oder nicht mehr: Er führte vor mehr als hundert Jahren den großen ostindischen Sepoy-Aufstand gegen die Engländer, wobei sich die unglaublichsten Grausamkeiten auch gegen Frauen und Kinder britischer Offiziere und Beamten ereigneten... muß ich mehr sagen?«

»Er hält sich dann für Nena Sahib?« fragte ich neugierig.

»Das vielleicht nicht. Er imaginiert aber, ich hätte damals gelebt und wäre den Indern in die Hände gefallen... Er gerät in einen Taumel, wie er ihn eines Tages bestimmt das Leben kosten wird. Er springt um mich herum wie ein dürrer alter Teufel. Uncle Joshua und das Küchenpersonal haben dann natürlich Ausgang, in der Halle stecken Fackeln in den Haltern, und im Flammenschein dieses großen und unheimlichen Raumes inszeniert er dann den Sepoy-Überfall auf die Offiziersiedlung – und ich bin natürlich das Opfer.«

»Aber Sie werden doch nicht verletzt dabei?« fragte ich weiter, weil ich spürte, daß es ihr wohltat, davon zu sprechen.

»O nein«, sagte sie und fröstelte, »das nicht... Im Gegenteil, ich habe in diesen Nächten einen Orgasmus nach dem anderen, und das ist es, was mich so sehr erschreckt: Sollten solche Bizarrerien ansteckend sein? Ist er verrückt und hat es auf mich übertragen?«

»Um das herauszufinden, Lady Anne«, sagte ich anzüglich, »müßten Sie schon mit dem Baron schlafen – wenn es klappt, dann hat Nena Sahib Ihnen nicht geschadet!«

Sie lachte leise und dankbar. Archie und Melitta waren auf den Teppich gesunken, ohne daß sich irgend etwas tat. Wäre er nicht bekleidet gewesen, man hätte an zwei *Gisants* denken müssen, die schönen und nicht selten nackten Grabdeckelfiguren der französischen Familiengrüfte. Der Baron gurrte schon wieder zu Füßen der blonden Fairchild, die entweder weniger getrunken hatte als Melitta, oder aber besser mit dem Whisky fertig wurde – sie jedenfalls wirkte kühl und keineswegs *high*, höchstens amüsiert von diesem schlanken nackten Edelmann, der sein ausdrucksvolles Profil an ihren Gliedern entlangführte und immer wieder stammelte:

»Fairchild ... Sie Feenkind ... ich inhaliere Sie ... ich nehme Sie ganz in mich auf ... Sie werden mich aus allen Niederungen hinaufführen ...!«

Immerhin also Worte, die ein bedenkliches Geständnis enthielten, und vielleicht war es dieser Umstand, vielleicht war es die begreifliche Neugierde der jungen Comtesse, die mehr über die Niederungen des Herrn von der Eulenburg erfahren wollte, daß sie sich schließlich erhob und ihm die Hand reichte. Nonchalant, als hätte sie sich niemals anders als nackt bewegt, schritt sie über den Teppich und zog den langen Eugen hinter sich her wie ein etwas trotteliges und tiefgebeugtes Einhorn. Es war nicht mehr Wirklichkeit, es war Devon Tapestry von feinster Machart, und ich wußte, daß wieder eine einsame Nacht auf mich wartete.

Gegen Einsamkeit ist Whisky, vor allem, wenn er alt

ist, ungleich besser einzusetzen als Cognac, denn Cognac macht luzide und gestattet uns keine Fluchten, er öffnet vielmehr die Vernunft für die Grausamkeiten der Selbsterkenntnis. Balblairs Röstungen und Brennkünste hingegen steigen auf die angenehmste Weise vom Gaumen in die Räume des Gehirns hinauf, verdichten sich dort zu einem wohltuenden schottischen Brodem und reduzieren unsere Klarsicht auf das intellektuelle Niveau der alten Clans, die dank Selbstzufriedenheit und Engstirnigkeit die Jahrhunderte überdauerten, obwohl sie schon vor zweihundert Jahren den Gebrauch der Seife kennenlernten und vor hundertfünfzig Jahren den des Alphabets.

Eine halbe Flasche in der rechten Hand, über dem linken Arm mein sommerliches Abendkleid, so trat ich, von Lady Anne zärtlich verabschiedet, den Rückzug an, zuerst im klappernden Lift, danach auf den eisigen Turmtreppen, auf denen der Nachtwind unbarmherzig über meine Nacktheit herfiel. Dennoch fürchtete ich mich nicht, ja ich war sogar entschlossen, einem etwa auftauchenden, seinerzeit hingemordeten Earl of Uylenburgh eher zuzulächeln, als ihm meinen kostbaren Whiskyvorrat auf den Totenschädel zu zertrümmern. Aber es kam kein toter und kein lebendiger Mann auf dem ganzen Weg in mein Turmstübchen! Ich stieß die Türe auf, warf sie hinter mir zu, schob den Riegel vor und ließ mich auf das Bett fallen. Erst in diesem Augenblick bemerkte ich, daß ich nicht allein war: Etwas lag neben mir, im Finstern nicht näher zu ergründen, ein Etwas, das atmete und leise keuchte, als habe es seine Kräfte vollkommen verbraucht und gehe nun einem qualvollen Tod entgegen...

Die Nacht der Eröffnungen

Es scheint Menschen zu geben, die gar nicht überrascht sind, wenn sie in ihrem Bett jemanden vorfinden – Tenöre, Dirigenten, Popstars. Ich kann mir vorstellen, daß Boy George oder Bob Lockwood jenen Mann, der da in meinem Bett lag, nicht hinausgeworfen hätten; aber ich bin nun einmal keiner von beiden – ich wollte duschen, eine Kanne von dem ausgezeichneten Wasser trinken, das es auf diesen Höhen gab, und dann in einen möglichst tiefen Schlaf versinken. An all dem hinderte mich der finstere Zufall, der mir den Reichsfreiherrn Eugenius von der Eulenburg ins Bett praktiziert hatte.

»Baron«, sagte ich so sanft wie möglich, »Sie liegen im falschen Bett. War es nicht die schöne Fairchild, die Sie für diese Nacht zu beehren wünschten?«

Eugen schwieg wie ein Steinbild, starrte düster zur Decke und nahm von mir nur insoweit Kenntnis als nötig war, um mir Platz zu machen.

»Es hat sich«, sagte er schließlich mit hohler Stimme, »Unsägliches ereignet, Unverzeihliches...«

Ich witterte das, was Fürst Kaunitz vor zweihundert Jahren so treffsicher als ein *renversement des alliances* bezeichnet hatte – eine völlige Neuordnung der Macht- und Bündnisverhältnisse –, erwachte zu neuen Aktivitäten und sagte dem Baron mit einem gewissen Nachdruck:

»Ich gehe ins Bad, für fünf Minuten. Schlafen Sie nicht ein, ich will die ganze Geschichte hören!«

War es die Gewißheit, daß ihm jemand seine Sorgen abnehmen würde, war es das sanfte Rauschen meiner Dusche, jedenfalls war der Reichsfreiherr, als ich kühl und frisch und natürlich nackt an das Bett trat, so tief eingeschlafen, wie ein Herr von Stand eben angesichts einer liebesbereiten Bürgerlichen einschlummern kann. Ich legte mich neben ihn, drehte ihn ein wenig von mir weg und nahm die Fußdecke für mich, denn gemeinsam unter einer Decke schläft man, entgegen allem, was darüber erzählt wird, keineswegs so gut und ungestört, wie wenn man seine eigene Decke hat.

Es war hellichter Tag, eine Sommermorgenbrise wehte in den Turm herein und auf der A 38 summten bereits lange Autokolonnen, als ich ohne jegliches Kopfweh erwachte. Sowohl der Wein als auch der Whisky waren also von ausgezeichneter Qualität gewesen, und meine Stimmung stieg durch das schöne Wetter und den schönen Mann an meiner Seite weiter an.

Als ein Liebhaber mit Antennen hatte er im Morgenschlaf geahnt, daß ich erwacht sei und setzte sich nicht etwa auf, weil das vielleicht doch den Zauber der Stunde durchbrochen hätte, sondern rollte auf mich zu. Er tat, als ob er noch gar nicht richtig wach sei und legte einen schlanken, aber muskulösen Arm um mich.

»Heidemarie«, sagte er stöhnend, »es war so entsetzlich... Du mußt mir darüber hinweghelfen...«

»Aber gerne«, antwortete ich, hatte es doch keinen Sinn, sich gegen etwas zu wehren, was ich spätestens seit Canterbury auf mich zukommen sah. Und was wäre auch ein Urlaub ganz ohne befriedigende Kontakte!

Eugen war, das ahnte ich schon, wie die meisten Leptosomen ein ausgesprochener Morgenmuffel. Er mimte nicht nur den Halbschlaf, er war sichtlich noch in seinen erotischen Träumen vom Vorabend befangen, und als ich mich weich an ihn schmiegte, murmelte er so etwas wie *sweet Fairchild, my dear Fairchild* und andere Dinge, die eine Ehefrau auf die Palme gebracht hätten – nur war ich glücklicherweise keine. Alles, was mir hier in den Schoß fiel (was man nicht unbedingt wörtlich nehmen muß), war ein Geschenk, und ich hatte danke zu sagen, soweit und so lange alles im angenehmen Rahmen blieb.

Und es war angenehm, ich liebe nun einmal die amourösen Morgenstunden. Ich weiß, es gibt Menschen, die sagen, am Abend ist es viel schöner und man schläft nachher so prächtig. Ich finde, das ist die falsche Zielsetzung. Wenn es nur ums prächtig Schlafen geht, genügt doch eine halbe Flasche Madeira. Was ich so liebe, das ist der gemeinsame Morgen, dieses langsame Heraufkommen des Tageslichts, wie im Zimmer alles nach und nach an Kontur gewinnt, die Schatten heller und kleiner werden und endlich *er* da ist, der andere, der Partner, der Bettgenosse, unmißverständlich, unübersehbar, ein concretum im Bett, dort also, wo es am wichtigsten ist.

Ich will nicht erforschen, wie lange ich nun ohne Mann gewesen war; eine vernünftige Frau, die Gesellschaft genug hat, wird beim Tennis und sogar beim Bridge mit allerlei Anfechtungen fertig, und wenn dies alles nichts hilft, so scheue ich mich absolut nicht, zum Vibrator zu greifen, schon darum, weil ich mir dabei immer voll Hohn sage, daß die Männer nichts dergleichen haben. Ich spinne dann mein Garn, frage mich, wie wohl der russische Hof unter der Zarin Elisabeth ausgesehen hätte, wenn sie von einem der fixen Erfinder ihrer Zeit mit einem Vibrator beglückt worden wäre und die kleine Zwergentruppe hätte entlassen können, die sie auf Befehl kitzeln und masturbieren mußte. Die brave Elisa von der Recke hätte sich über die kalte Schulter hinwegtrösten können, die Graf Cagliostro ihr zeigte, und so manche bucklige Königin wäre nicht ihrem Beichtvater zum Opfer gefallen, sondern hätte sich mit dem kleinen Ratterpenis getröstet.

Nun, es hat nicht sollen sein, es wurde gemordet, geliebt, gepeitscht, begünstigt, verstoßen, weil so eine Liebesgrotte damals eben nicht anders versorgt werden konnte als mit lebendiger Manneskraft. Und mein verschlafener Baron ahnte von all dem gar nichts, wollte wohl auch nichts wissen, sondern bestieg mich, leise und vornehm schnaufend, zu einem halbwachen Morgenritt, der dennoch meine Säfte auf das angenehmste anregte.

Als er das Seine getan und ich das Meine empfunden hatte, schichtete ich ihm die Kissen unter den Römerkopf, um ihn in den Zustand des Erwachens zurückzurufen, aus dem er sich in ein Schläfchen davongestohlen hatte. Ja, ich trieb den Diensteifer so weit, ihm ein morgendliches Glas von meinem Balblair zu reichen, das er, vorsichtig mit der feinen Nase schnüffelnd, an die Lippen führte. Ich blickte auf meine kleine, feine Patek-Philippe-Uhr, die mir sagte, nun sei es tatsächlich halb neun.

»Sie hatte mich eingelassen«, begann der Baron völlig unvermittelt zu berichten, so daß ich erkannte, er habe die ganze Zeit über ausschließlich an Fairchild gedacht, »ich war in ihrem Jungmädchenzimmer, und eine ungeheure Euphorie ergriff mich. Ich fühlte mich eingeschlossen in eine einzigartige Intimität, denn ich sah Che Guevara an der Wand, daneben ein Poster von James Dean und eine gerahmte Fotografie von Simone de Beauvoir mit handschriftlicher Widmung. Die eigentlichen

Bilder – eine Tuschskizze von Turner und ein Pastellbild irgendeiner Ahnfrau – waren weitgehend nichtssagend. Die Buchrücken konnte ich in der Eile nicht überfliegen, es waren viele Gedichtbände, eine große Anthologie, ein paar Romane weiblicher Verfasser und eine zweibändige Biographie von Virginia Woolf, soweit ich sah, dazwischen Pokale, die sie beim Tennis und beim Surfen gewonnen hatte.

›Hören Sie, Eugen‹, sagte sie und legte sich auf ihr Bett, ›ich möchte nicht seziert werden. Ich hasse es, wenn man mich beurteilt, wenn man meint, mich ergründen zu können. Alles, was ich tue, ist absolut unwesentlich für mich und in keiner Weise bezeichnend. Wenn Sie aus den Postern Schlüsse ziehen, wenn Sie bei meinen Büchern angelangt über meinen Bildungsstand grüben sollten, dann schließe ich sie krumm und lasse Sie eine Dose Hundefutter verspeisen.‹

Und ich fühlte«, setzte der Baron düster hinzu, »daß es ihr Ernst war. Sie lag da, in ihren Kissen, mit nichts als einem Diadem bekleidet, aber es blitzte mich gefährlich an. Ich fühlte auch den großen mattgrünen Chrysopras zwischen ihren Brüsten Macht über mich gewinnen, ich bekam Angst. Und als sie das bemerkte, lachte sie leise und böse.

›Kommen Sie, Baron‹, sagte sie, ›so große schlanke Menschen haben lange und geschmeidige Zungen. Sie dürfen mich jetzt mit der Zunge liebkosen, aber nicht dort, wo Sie am liebsten anfangen würden, o nein ... Sie fangen bei den Zehen an, Sie lassen keinen Quadratzentimeter aus und arbeiten sich langsam höher.‹

Nun, ich tat natürlich, was sie wollte, schließlich hatte ich ja nichts anderes gewollt, als mich mit diesem Mädchenleib zu beschäftigen. Ich sage Ihnen, Heidemarie – ich darf es Ihnen doch sagen? – es war Manna. Es war himmlisch. Ich verstehe jetzt die Heiligenlegenden, in denen immer wieder davon die Rede ist, daß der Leib des Herrn so unvergleichlich wohlschmeckend sei. Natürlich wagte ich nicht zuzubeißen, auch nicht, als ich an der Innenseite der Schenkel angelangt war, als ich schon die zarten Odeurs aus ihrem Pförtchen atmete, als ich schon die feine Linie des Schweißes in der Schenkelbeuge wahrnehmen konnte. Nun, ich spürte die ersten Härchen, ich wagte aber noch nichts Entscheidendes. Dann aber drückte sie auf einmal meinen Kopf mit Macht an sich und in sich, sie drängte sich mir entgegen, ganz feucht und bereit, aber ich durfte mich ihr auch weiter nur mit der Zunge widmen, die Hände um ihre Pobacken gekrallt, das ganze herrliche Becken mir entgegengehoben.«

»Seien Sie doch froh«, sagte ich etwas verstimmt von dieser Emphase, »daß Sie so genießen können! Im allgemeinen ist dieses feine Verständnis für einen Mädchenleib nur Lesbierinnen gegeben!«

»Ist das so?« fragte der verdutzt und fuhr dann in seinem Bericht fort: »Ich wurde bei all dem natürlich immer erregter. Ich fühlte sie zittern, ich bemerkte, daß sie sich instinktiv an mich drängte, aber jedesmal, wenn ich weiter hinaufkriechen wollte, wenn ich Miene machte, ihr das zu geben, was sie so offensichtlich brauchte, stöhnte sie ärgerlich auf und stieß mich mit Armen und Beinen weg, als sei sie ein störrisches Tier. Endlich war sie dann so weit, sie riß die Augen auf, atmete tief und stoßweise und ich wagte einen ganz zarten Biß in die köstlichsten Weichteile, die jemals meine Lippen berührt hatten. Sie bäumte sich auf und in der Luft stand auf einmal ein kleiner Schrei, so ätherisch, daß ich nicht zu sagen wüßte, ob sie ihn ausgestoßen hatte oder ob er von ihrem Schutzengel stammte, der dies alles ja wohl neidvoll mitangesehen hatte. Jedenfalls war mein Part damit beendet; sie drehte sich auf den Bauch, schluchzte ein ›Hinaus‹ in ihre Kissen, und war durch alles Bitten nicht zu bewegen, mich wenigstens auf dem Bettvorleger zu dulden. Ich hatte darum richtig gebettelt, denn es schien mir auf einmal unmöglich, mich aus dem Bereich dieser jungen Schönheit zu entfernen, sie nicht mehr zu sehen, sie nicht mehr aufnehmen zu können, diese reinen Linien, diese wehrlose und doch unverwundbare Nacktheit eines vollkommenen Menschenkindes.«

Er schwieg, er starrte, er war ganz woanders, und das an meiner Seite, in meinem Bett.

»Sie hat's ja ganz schön erwischt, mein Guter«, sagte ich, »und solcherart besessen wagen Sie es, sich einer anderen Frau zu nähern?«

»Was hätte ich denn tun sollen?« murrte er dumpf. »Ich war doch geladen bis zur Mündung!«

»Sehr fein ausgedrückt. Wir hätten vielleicht den Radetzkymarsch spielen sollen zu dem, was sich eben hier ereignet hat?«

»Ereignet?« fragte er gedehnt. »Wenn Sie diesen natürlichen, ja allzu natürlichen Vorgang in den Rang eines Ereignisses erheben, liebe Heidemarie, dann überschätzen Sie die Möglichkeiten einer Morgenstunde. Leute meinesgleichen lieben nach einem langen intellektuellen Anlauf, und wir lieben abends und nachts, wenn die schalen Ablenkungen versinken und sich das geheimere Ich zu Wort meldet, das eigentliche . . .!«

Eine herrliche Rede, sagte ich mir im stillen, bei Fromm kann er das nicht gelesen haben, eher schon in jenen Briefen, in denen sich Nelson Algren verzweifelt bemühte, mit Simone de Beauvoir intellektuell gleichzuziehen. Nun, was Eugen betraf, dem würde ich sein Fett schon noch geben. Kein Ereignis! Wie kam er überhaupt dazu, mich, also die Frau, für den horizontalen Ablauf verantwortlich zu machen?

»Sie wollen mit Ihrem schönen poetischen Erguß also andeuten, Baron«, sagte ich und tat, als schämte ich mich, »daß wir es zu einem günstigeren Zeitpunkt, etwa abends, noch einmal versuchen sollten?«

Eugenius von der Eulenburg starrte weiter zu Decke, eine unverbindliche Haltung, die sein Profil bestens zur Geltung brachte.

»Wir sollten!« sagte er. »Und zwar aus verschiedenen Gründen. Ich bin zu einem besonderen Zweck nach England gekommen ...«

Ich schwieg erwartungsvoll. Würde er mich nun einweihen?

»Sie werden inzwischen mitgekriegt haben, daß die Uylenburghs nicht sonderlich mit Glücksgütern gesegnet sind, und damit wird wohl auch klar, daß es sich um keinen routinemäßigen Verwandtenbesuch handelt, nur unternommen, um alte Familienbande wieder aufzufrischen.«

»So ging es also um die schöne Fairchild?« fragte ich scheinheilig-ahnungslos.

»Unsinn! In diesem Fall hätte ich doch nicht Melitta mitgebracht! Außerdem würde man bei Fairchild mit der schmalen Mitgift auch die Hörner mitgeliefert erhalten, sie wird sich ihr Leben lang nichts versagen, dieses verwöhnte und von seinem Vater angebetete Einzelkind ... Nein, ich will es Ihnen sagen, das heißt, ich muß es Ihnen sagen, weil ich die Sache nicht allein durchführen kann und mit Melitta nicht in dem Maß zu rechnen ist, wie ich es erhofft hatte ... leider!«

»Ich gelobe absolutes Stillschweigen!« flüsterte ich erwartungsvoll.

»Ich muß da ein wenig ausholen, weil ich nicht weiß,

wie sehr Sie sich bisher für englische Geschichte interessiert haben«, sagte Eugen und setzte sich auf. Er sah nun aus wie ein eifriger großer Junge, eine Pose, die ihm ganz gut stand, nur daß ich, wenn ein Mann doziert, immer das Verlangen verspüre, gleichzeitig mit seinen Anhängseln zu spielen, um zu sehen, ob der Geist oder der Unterleib triumphieren wird.

»Dieser Francis Drake hatte, ehe er Vizeadmiral wurde, eine sensationelle Weltumseglung vollbracht, die aber weniger geographische als seeräuberische Erfolge brachte. Er geriet nämlich nach der Umrundung von Kap Hoorn auf jene Westseite von Südamerika, auf der sich die damals den Kontinent beherrschenden Spanier vor Korsaren völlig sicher fühlten und konnte geradezu unglaubliche Beute machen, an Land ganze Silber-Karawanen und zur See in einer bemerkenswerten, aber kurzen Schlacht die Schätze, die ein großes spanisches Kriegsschiff an Bord hatte. Endlich war sein kleines Schiff...«

»Die *Golden Hind*«, sagte ich schnell.

»Sie kennen die Geschichte?« fragte er mißtrauisch. »Und ich muß mir den Mund fusselig reden? Wer hat Sie eingeweiht?«

Ich erkannte, daß ich mich um ein Haar verraten hätte.

»Na, hören Sie«, protestierte ich, »Francis Drake, das ist doch *das* Sujet für Jugendbücher, von dem habe ich schon vor zwanzig Jahren gewußt!«

Nicht völlig beruhigt, setzte er seinen Bericht fort:

»Schließlich also war das kleine Schiff so überladen, daß man das Silber über Bord warf, um Gold und Edelsteine noch unterbringen zu können, und so tiefliegend, kaum manövrierfähig und von den erbosten Spaniern mit ganzen Flotten gejagt, gelang der *Golden Hind* die Heimkehr um Afrika herum, nach England.«

»Ich ahne etwas, Baron!« sagte ich stolz. »Sie wollen nach dem Silber tauchen, das Francis Drake über Bord geworfen hat!«

»Wollen Sie mich auf den Arm nehmen? Das war doch im Ostpazifik, vermutlich bei Wassertiefen von mehr als dreitausend Metern! Nein, es geht um das, was er mitbrachte. Die Spanier, die ja damals nicht im offenen, nur in einer Art Kaltem Krieg mit England lagen, verlangten von Königin Elizabeth I. natürlich die Herausgabe der Ladung. Dazu war die Queen selbstverständlich viel zu geizig. Nahm sie jedoch den Kronanteil der Beute an, dann mußte sie auch Drakes außerordentliche Leistung anerkennen. Sie kam auf sein inzwischen berühmtes Schiff und schlug ihn zum Ritter.«

Ich wußte, daß es jetzt ans Eingemachte ging, bezwang mich noch einmal, legte meine Händchen brav in den Schoß und blickte Eugen erwartungsvoll an – mehr nicht.

»Die unglaublich reiche Beute wurde also verteilt, an die Krone, an die Mannschaften, wofür es einen festen Verteilungsschlüssel gab, und an den Kapitän. An die Kronschätze kommt niemand heran, es wurde auch vieles aus dieser Korsarenzeit dann in die britische Seerüstung gesteckt. Die Besatzung hat ihre kleinen Anteile im Spiel, im Suff und mit den Weibern durchgebracht, es müssen ja sehr harte und primitive Burschen gewesen sein. Bleibt der beträchtliche Anteil von Drake selbst, einem Mann, der wenig für sich ausgab, seine Verwandten nur sparsam unterstützte und keinen Aufwand trieb.«

»Der Portier in Tavistock erzählte mir aber, Drake habe die ganze Buckland-Abtei mit ihrem großen Grundstück gekauft?«

»Das stimmt, aber sie kann nicht sehr teuer gewesen

sein, denn der Verkäufer war ein alter Seemann und Freund Drakes. Um es kurz zu machen: Irgendwo muß es einen ganzen Hort geben!«

»Sie meinen – einen versteckten Schatz?«

»Vergraben, versteckt, eingemauert, was weiß ich!« seufzte Eugen und rückte ganz nahe an mich heran. »Ich bin schon halb verrückt vom Grübeln. Ich müßte jemanden haben, der mitdenkt, ich traue meinen Überlegungen schon nicht mehr.«

Er nahm mich in die Arme. Ich fühlte, daß es ihm diesmal ernst war: Das Problem überforderte ihn, also tat ich alles, um ihn zu beruhigen, so neugierig ich auch war. Er war in seinem Anlehnungsbedürfnis sehr zärtlich und ich erriet, daß er selbst die Schale zu durchbrechen hoffte, daß er eine echte und vertrauensvolle Verbindung zu mir suchte. Es tat uns beiden sehr wohl und ich begann, für den großen Jungen nun doch mehr als Sympathie zu empfinden. Er schien sich nur widerwillig von meinem Körper zu lösen, er bettete meinen Kopf an seine Brust und erzählte mir flüsternd weiter:

»Drake starb gegen Ende des Jahrhunderts, und ein paar Jahre später war auch seine Königin und Gönnerin tot. Es kam dann der Sohn ihrer Rivalin auf den Thron, der Sohn, den Maria Stuart nicht von ihrem schwächlichen Gatten, sondern von ihrem italienischen Geliebten, einem Musiklehrer, empfangen hatte...!«

»Ein Halbitaliener auf dem englischen Thron?« fragte ich überrascht.

»Auf dem englischen und auf dem schottischen. Er war auch ein seltsamer Kauz, dieser Jakob I., glaubte an Hexen und Spuk, war aber sehr kunstsinnig, wie viele Homosexuelle. Erst gegen seinen Sohn lehnten sich dann die Briten auf, und dieser wurde, nach langen Bürgerkriegen und einem Schauprozeß, durch Cromwell hingerichtet... ein König! Wegen dieser Bürgerkriegswirren könnte der Schatz versteckt worden sein; die südwestenglischen Grafschaften hielten alle zum König: Somerset, Dorset, Cornwall und auch Devon, wo wir uns jetzt befinden. Man mußte also mit Mord, Brand und Plünderungen durch die Cromwellschen Truppen rechnen, die sich ja überall, wo sie auftraten, mit größter Härte Respekt zu verschaffen und die Königstreuen einzuschüchtern suchten. Damals also, vor mehr als dreihundert Jahren, müssen die Reste des großen Drake-Schatzes versteckt worden sein, und das kann nur in der Abtei selbst vor sich gegangen sein, denn ein paar Meilen weiter östlich begann ja schon das Kriegsgebiet, dort hat's auch eine große Schlacht gegeben, ich glaube bei einem Brückenort am Parrett.«

Wir schwiegen beide eine Weile, mir ging so allerlei durch den Kopf, aber ich wußte nicht recht, ob ich es sagen sollte.

»Und was haben eigentlich die Uylenburghs damit zu tun?« fragte ich schließlich.

»Eine gute Frage«, brummte der Baron, »sie trifft nämlich das eigentliche Problem. Buckland-Abbey, später Besitz von Drake, wurde von seinem Vorbesitzer, einem Grenville, nämlich auf seltsame Weise restauriert. Er ließ die Wohngebäude verfallen und richtete sich in den Sakralbauten ein, zog Decken in hohe Räume und so weiter. Wir müssen den Schatz also nicht in gewöhnlichen Kellern suchen, sondern in Kirchenfundamenten, tief unter dem Grundwasserspiegel... Und den abzusenken, brauche ich die Uylenburghs. Sie haben die Wasserrechte der ganzen Gegend, etwas, woran heute niemand mehr denkt. Sie können da eine Schleuse zu- und dort eine aufmachen, und kein Mensch wird vermuten, daß dies wegen verborgener Schätze geschieht. Wenn ich hingegen mit einer ganzen Pumpenkompanie anrücke, gibt die Polizei Alarm, jeder will wissen, was ich hier suche, und die lieben Heimatforscher, eine Gilde, vor der ich jederzeit Reißaus nehme, wird Scotland Yard alle Unterlagen liefern, die man braucht, um mich und meine Helfer zu verhaften!«

»Ihre Helfer?« fragte ich, zu meinem Ärger tatsächlich ein wenig enttäuscht.

»Nun ja ... Sie, Heidemarie ... Wir sollten schon wegen Lady Anne beim Sie bleiben, im Englischen ist das glücklicherweise ja kein Problem ..., und dann natürlich Melitta, die ja auch schon zuviel weiß, um ausgebootet zu werden.«

Im tiefsten Herzensgrund hatte ich nicht sehr viel dagegen, gehöre ich doch zu jenen merkwürdigen Frauen, die teilen können. Es ist mir, so wie die Mannsbilder heute sind, ohnedies lieber, wenn ich die Verantwortung mit einer Geschlechtsgenossin teilen kann. Aber allzu leicht brauchte ich es ihm auch wieder nicht zu machen.

»Immerhin erspare ich mir damit den alten Archie«, sagte ich patzig, »das war doch wohl der Part der süßen Melitta, und gestern abend hat sie's ja sicherlich auch geschafft.«

»Oder er mich!« sagte es von der Türe her. In ihr war, prompt auf ihr Stichwort, Melitta Straubinger erschienen, morgendlich leuchtend mit frischen Farben, natürlichen Farben, schon von ferne nach ihrer zweckdienlichen, aber nicht sehr feinen Seife duftend und nach sehr viel Nivea-Creme.

»Es war also strapaziös?« antwortete Eugen von der Eulenburg ohne die geringste Verlegenheit, lüftete die Decke auf seiner Seite und lud Melitta ein, Platz zu nehmen. Sie strich ihr Sommerkleid glatt, suchte für die Blumen, die sie auf dem Morgenspaziergang gepflückt hatte, eine Vase und ließ sich, als alles erledigt war, tatsächlich neben uns auf der Bettkante nieder.

»Er lag in meinem Bett, als ich schlafen gehen wollte«, sagte ich entschuldigend. »Nicht daß Sie glauben, ich hätte Ihnen dieses Prachtstück wegstiebitzt!«

»Aber aus dem Bett gewiesen haben Sie ihn auch nicht«, stellte Melitta sachlich fest. »Die Welt ist eben ungerecht. Ich mache die Schwerarbeit mit dem alten Lord ...«

»Earl!« verbesserte Eugen. »Der neunte! Da ist es schon bald nicht mehr wahr!«

»... mit dem alten Earl, und ihr zwei vergnügt euch hier inzwischen über alle Maßen.«

»Es hielt sich in Grenzen«, beruhigte ich Melitta. »Einmal war er unzufrieden, das zweitemal ich.«

»Hört sich ja an«, sagte sie lachend, »als hätte ich euch gefehlt?«

Wir blickten einander an und mußten nun alle lachen.

»Bei allen Heiligen des Hauses von der Eulenburg, des alten Großmährischen Reiches und dem furchterregenden Swatopluk«, ächzte Eugen schließlich. »Ich habe das nicht gewollt, ich habe euch als Schatzgräberinnen angeheuert, obwohl man dafür eigentlich nur vorgeprüfte Jungfrauen verwenden sollte. Und nichts lag mir ferner, als auf diese Weise gleich zwei Betthasen zu gewinnen. Aber wenn es euch tröstet...«

»Trost brauche doch wohl nur ich!« erklärte Melitta spitz, und sie hatte Recht damit. Eugen umarmte sie, drückte ihr einen Kuß zwischen die Wuschellocken und dann auf beide Wangen. Dann sprach er:

»Du brauchst Trost, und ich brauche dringend eine Kanne Kaffee. Wir sind, wie man so sagt, eine verschworene Gemeinschaft. Wir werden es in diesem schönen großen Bett besiegeln, ehe der Hahn noch einmal kräht. Vorher aber eilen wir selbdritt an den Frühstückstisch des Hauses Uylenburgh.«

Er erhob sich, stellte fest, daß er nur seine Abendgarderobe in meinen Zimmer liegen hatte und empfahl sich. Melitta Straubinger aber sah mich erheblich beunruhigt an:

»Redet der immer so narisch? Habt's ihr noch weitergsoffn heut' morgen?«

Ich bejahte das erste und verneinte das zweite, dann stand auch ich auf, forderte Melitta aber auf, ruhig noch zu bleiben, während ich mich fertig mache, wir hätten ohnedies noch das eine oder andere zu besprechen.

»Wenn Sie damit sagen wollen, daß ich Ihnen den Eugen ablassen soll, so sind Sie schief gewickelt...«, begann sie in der schönsten fränkischen Kampftonart. Ich duschte, weil dies schneller ging, fühlte mich dann prächtig (Eugen war also doch zu etwas gut gewesen), ließ mir von Melitta meine gute Lotion auftragen und legte einen Hosenanzug zurecht, was, wie ich zugebe, nicht ganz ohne Bosheit geschah, denn es war ein Modell, das die dralle Melitta Straubinger niemals hätte tragen können.

»Ich habe absolut keine Absichten auf ihn, liebe Melitta«, sagte ich so ernsthaft und so zärtlich, wie ich nur konnte. »Wir sind hier auf dem Schloß in einer besonderen Lage. Ich hatte mindestens mit einem feschen Verwalter gerechnet, aber die gibt's offenbar nur in Willy Birgel- oder Hans-Söhnker-Filmen. Du hast ja gesehen, was gestern abend los war: Zwei Herren und vier Damen. Daraus folgt, daß wir mit dem schönen Eugen eben gemeinsam ins Bett gehen, ich meine: die große Liebe ist es doch für keine von uns beiden?«

Ich suchte einen möglichst bequemen Slip. Wenn es

heiß ist, hasse ich die kessen Dinger, die überall einschneiden und einen an den empfindlichsten Stellen dauernd beschäftigen. Melitta sah mich nachdenklich an. Offensichtlich hatte ich jene Figur, um die sie sich seit Jahren mit Appetitzüglern, Eiweißpräparaten, grausigem Ahornsirup und Salatplatten ohne Öl bemühte, wenn auch durchaus zu Unrecht: Im Bett hatte sie allerlei zu bieten, was bei mir nur eben durchschnittlich entwikkelt war.

»Na ja«, druckste sie schließlich heraus. »Ich mag ihn schon recht gern... Und das, was er vorhat, ich meine, das ist doch eine echte Idee, da kann man doch mitmachen... Nur, daß er mich heute nacht an diesen alten Grafen ausgeliefert hat, das hat der Liebe natürlich ein Ohr abgebissen.«

»Ein Ohr?« fragte ich lachend.

»Kennen's des nicht? So sagt man bei uns, wenn an sich alles in Ordnung ist, nur eben der Lack ab. Also, er hat Sie eingeweiht, und Sie sollen mitmachen?«

»Ich nehme an«, sagte ich und sah mich im Zimmer um, ob nichts herumlag, das Uncle Joshua – falls er die Zimmer machte – besser nicht fände. »Vielleicht braucht er mich auch nur, um durch irgendeine Kellerluke zu schlüpfen, in der du steckenbleiben würdest...!«

Das war nicht sehr fein, aber was soll's. Wenn es einmal ernst wird, waren offene Worte angebracht, und der Earl hatte ihr gewiß nicht nur den Hintern versohlt, sondern auch noch allerlei andere Fantasien walten lassen. Wann hatte es denn zum letztenmal solch ein rundes Blondchen auf diesem alten Schloß gegeben!

Es ist nichts so fein gesponnen…

Da an diesem Morgen offensichtlich niemand das Verlangen nach einem Frühstück verspürt hatte, waren Melitta und ich, als wir gegen zehn Uhr in der Halle erschienen, noch keineswegs die letzten. Immerhin war Uncle Joshua erleichtert, uns zu sehen, nun fehlte nur noch der Earl selbst, den die Züchtigungen, mit denen er in dieser Nacht Melitta heimgesucht hatte, offenbar ärger geschwächt hatten als sein Opfer.

Der kleine alte Diener, der mir, je länger ich auf Uylenburgh-Castle weilte, als der Normalste der ganzen Crew erschien, bat uns auf den Altan, einen Gartensalon mit vielen kleinen und schlanken Säulchen, von dem aus man einen angenehmen Blick auf die Dart-Schleife bei Blackmoor genoß und auch ein wenig Morgensonne hatte, die wir brauchten: Es zog ein wenig, aber die kühle Luft erfrischte, denn sie trug auf stimulierende Weise die Düfte von den nahen Moorwiesen mit sich.

Der eckige Turm, in dem ich wohnte, der halbrund ausgebaute Altan mit den glatten Säulen und die beinahe ungegliederte Hof-Fassade bewogen mich, Lady Anne zu fragen, in welchem Stil das Schloß denn eigentlich errichtet worden sei.

Sie lächelte in sich hinein, ehe sie antwortete, offensichtlich bereitete es ihr riesigen Spaß, daß alle ihre Besucher angesichts des alten Bauwerks so ratlos waren. Sie bestrich einen Toast mit der erfreulichen britischen Orangenmarmelade, biß krachend hinein und sagte dann, indem sie sich die überschüssige Marmelade aus den Mundwinkeln wischte:

»Sie kennen doch die französische Sitte, in den Wohnräumen Möbel aus verschiedenen Epochen zu kombinieren, um zu beweisen, daß man seit vielen Generationen wohlhabend ist?«

Ich nickte, denn ich hatte auch den Mund voll, war aber keine Lady und zog es darum vor, nicht zu sprechen.

»Nun, ähnlich ist es bei uns. Die Fundamente von Uylenburgh-Castle stammen aus der Römerzeit. Dann gab es fünfzehnhundert Jahre lang keinen größeren Bau auf dieser Kuppe, bis Cromwell 1645 auch hier im Süden siegte und das Land nach den Methoden befriedete, die man heute ja noch an den Ruinen in ganz Irland studieren kann. Einer seiner Getreuen, wenig berühmte Nebenlinie eines alten Geschlechts, erhielt diesen Hügel und das Land bis zum Dart als Donation für Verdienste in der Schlacht von Langport und erbaute aus Beutegeldern ein Schloß in vorbildlicher puritanischer Einfallslosigkeit. Dann kehrten die Stuarts zurück, die Königsmörder und ihre Helfer wurden verfolgt und enteignet, und die Uylenburghs erhielten von Karl II. jenes scheußliche Schloß, dem sie durch den Vierkantturm und eine hübschere Flußfront ein wenig von dem Lebensgefühl zu geben versuchten, das mit dem Stuartkönig nun wieder in England Einzug hielt.«

Das war eine Erklärung, aber sie war mir viel zu nüchtern; es mochte alles seine Richtigkeit haben, daß die Cromwell-Mitläufer keine schönen Schlösser bauen konnten, das war mir auch klar, so selbstgerechte Fassaden gab es nur in ihren untadeligen Puritanerseelen. Für mich aber blieb Uylenburgh-Castle, vielleicht weil ich noch in keinem anderen britischen Schloß gewohnt hatte, ein Wunder, das sich dreimal am Tag wiederholte. Im Licht der Morgensonne sah der graugelbe Bau auf der Hügelkuppe so einladend aus, als hätte Barbara Cartland die Beleuchtungseffekte arrangiert; mittags kündigten starke Schatten schon an, daß sich hier echte Schicksale vollzogen hatten und das Schloß wurde zur Walter-Scott-Kulisse. Und nachts, wenn der Verkehrslärm auf der A 38 schwächer wurde, der Wind mitunter sogar Meeresrauschen herauftrug und die letzten verirrten Riesenmöwen über dem Turm kreuzten, dann war das Schloß reinstes Mary-Shelley-Monument, eine übermächtige Erinnerung an jenes neunzehnjährige Mädchen, das 1818 eine unsterbliche Geschichte publizierte: *Frankenstein or the modern Prometheus*.

Unser Prometheus, der an die Felsen von Devon geschmiedete Schloßherr, der so gerne in die Welt zurückgekehrt wäre und es sich nicht leisten konnte, der übernächtigte Archie March, Neunter Earl of Uylenburgh, erschien mit einem gequälten Lächeln, bat wortlos um Entschuldigung und brauchte, als er schon Platz genommen hatte, noch immer eine Weile, ehe er sich auf dem reich besetzten Frühstückstisch orientieren und seine erste Mahlzeit zusammenstellen konnte.

Im Unterschied zum Vorabend und wohl auch wegen der morgendlichen Kühle waren Herren wie Damen züchtig bekleidet, nur eben nicht feierlich, das Frühstück war schließlich die Gelegenheit, auch in England leger zu essen. Fairchild war von Grün zu Blau übergegangen, sie trug ein knapp geschnittenes Vormittagskleid aus einem sehr weichen Wollstoff, das ihre Figur auf die unschuldigste Weise zur Geltung brachte und in jenem Himmelblau gehalten war, in dem Blondinen aussehen wie ihr eigener Schutzengel.

»Du willst also Einkaufen fahren?« fragte Lady Anne, die schließlich die Garderobe ihrer Tochter kannte. »Vergiß nicht, den Zettel von Uncle Joshua mitzunehmen, wir brauchen so allerlei.«

»O bitte«, erbot ich mich, »wenn Fairchild keine Zeit oder etwas anderes vorhat – für mich ist hier alles interessant, ich würde gerne für den Haushalt einkaufen, wenn Sie gestatten!«

Man akzeptierte so schnell, daß mir klar wurde, man habe dieses Angebot erwartet, und die Liste des guten Joshua war denn auch so lang, daß ich sah: Hier galt es, klaffende Lücken zu füllen. Nun, ich war nie kleinlich; wer schon in meinem Alter anfängt, die Groschen zu zählen, der hat mit Sicherheit nur die Hälfte von seinem Leben. Also stellte ich die Hintersitzlehnen in meinem Honda ganz steil und hatte nun einen passablen Kofferraum. Im letzten Augenblick, als ich schon überzeugt war, allein fahren zu müssen, löste sich auf einmal Eugen aus der kleinen Gruppe, die auf dem Altan noch die Aussicht genoß, und kam auf mich zu:

»Melitta will trotz allem, was sie heute nacht erlebt hat, nicht aufgeben und bleibt auf dem Schloß, um den Earl vollends einzukochen«, flüsterte Eugen auf deutsch. »Und wir könnten eine kleine Kundfahrt machen...«

»Kundfahrt?«

»Verzeihung, das ist so Pfadfinderjargon, ist mir herausgerutscht, ich meine: Erkundungsvorstoß. Wir sehen uns die Umgebung der Abtei einmal an, und auf dem Rückweg kaufen wir ein, was Uncle Joshua braucht, um uns die nächsten Tage durchzufüttern.«

Als wir meinen Wagen bestiegen, hatte Fairchild eben das Dach ihres Escort-Cabrios zurückgeschlagen und ihr

Haar unter ein Stirnband gezwungen; sie sah hinreißend aus.

Der Baron hatte wohl die gleiche Feststellung gemacht, denn er sagte nachdenklich:

»Dieses Feenmädchen wird die Familie retten. Schon jetzt bezaubert sie alle Polizisten, die genau wissen, daß sie ständig zu schnell fährt, und in ein oder zwei Jahren wird sie einen der reichen Jungmänner aus Hampshire als Gatten gewinnen oder einen der Bestsellerautoren aus Sussex, eine andere Möglichkeit sehe ich für das Schloß und die Familie nicht mehr.«

»Und wohin fährt sie jetzt?« wollte ich wissen.

Eugen zuckte vielsagend mit den Schultern.

»Ich bin sicher, daß es wichtig wäre, ihr nachzufahren. Sie weiß zuviel, sie traut ihren Eltern überhaupt nichts zu und nimmt mich nicht ernst. Wenn wir wüßten, zu wem sie jetzt fährt, in einem Kleid, das man blitzschnell über den Kopf ziehen und dann irgendwohin schmeißen kann, dann wüßten wir auch, ob wir Konkurrenz zu fürchten haben bei unserem Unternehmen.«

»Dann lassen Sie uns doch hinter ihr herfahren!«

»Mit dem Salzburger Kennzeichen?«

»Wenn es nur das ist«, sagte ich stolz. »Ich habe auch noch entwertete deutsche Kennzeichen im Wagen, von einem BMW, den ich heiß geliebt habe... Der Zulassungsstempel ist herausgestochert, aber das besagt hier ja nichts!«

Wir arbeiteten wie die Mechaniker an einer Formel-Eins-Box; die neuen Kennzeichen hingen im Nu, mittags konnten wir sie ja schon wieder abnehmen, und als ich auf die B 3357 hinausbog, war der knallrote Escort noch im Nordwesten zu sehen.

»Wir kriegen sie noch«, sagte Eugen, »aber halten Sie Abstand!«

Es war nicht sehr schwer, obwohl ich in solchen Verfolgungsfahrten ja keine Übung hatte. Der Verkehr auf der gut ausgebauten, aber nicht sonderlich breiten Landstraße, die Ashburton mit Tavistock verbindet, war ziemlich dicht, ich war sicher, daß Fairchild uns nicht sehen konnte.

Es war schon kurz vor Tavistock, als Eugen mich auf einmal am Arm packte (etwas, das ich am Steuer sitzend überhaupt nicht leiden kann):

»Sie biegt ab... da vorne, bei dem Schild *Horn of Plenty*... Bleiben Sie vorsichtig und auf Abstand, wenn sie in dieses Restaurant will, müssen wir unsichtbar bleiben.«

Es war klar, wohin sollte sie auch sonst! So zahlreich waren die Michelinsterne nicht über Südengland verteilt. Das *Horn of Plenty* war nicht nur durch seinen Blick ins Tamar-Valley berühmt und sehr praktisch gelegen, wenn man Ausflüge ins Bodmin-Moor machen wollte, es hatte auch eine der besten Küchen weit und breit, zumindest wenn man gebackene Lammkoteletts mit einer Sauce Béarnaise liebte, die mit Pfefferminzblättern zubereitet war. Aber Fairchild schien es gar nicht ums Essen zu gehen, hatte sie sich doch gerade erst vom häuslichen Frühstückstisch erhoben. Sie parkte den Escort, lief in die Halle und entschwand unseren Augen.

»Für den Lunch ist es zu früh«, stellte Eugen fest, »also besucht sie hier jemanden... Sehen wir uns einmal die Kennzeichen der geparkten Wagen an.«

Wir stiegen aus und begannen eine kleine Rundwanderung. Aus irgendeinem Grund schien Eugen anzunehmen, daß sie sich mit einem Ausländer treffen würde, vielleicht, weil sie einen Landsmann ja ohne Schwierigkeiten auf dem Schloß einführen könnte. Ich fand lange Zeit nichts Auffälliges auf meiner Seite, dann stieß ich aber auf einen großen Volvo mit niederländischem Kennzeichen.

»Mein Gott«, sagte der Baron, als ich ihm berichtete, »das könnte natürlich völlig harmlos sein. Die Uylenburghs haben zweifellos noch Relationen in Holland... Und ebensogut könnte es jeder andere Wagen sein. Wir gehen am besten einmal um die Bungalows herum, bei dem Wetter sitzt unsere blonde Schönheit vielleicht auf einer Terrasse!«

Mit der gebotenen Vorsicht pirschten wir uns durch das großzügige Hotel-Umland, das man dem Dörfchen Gulworthy gar nicht ansehen würde. Tatsächlich, da saß die ganze Mischpoche, mußte man schon sagen angesichts einer so wilden Mischung: Fairchild, immerhin eine Comtesse mit untadeligen Ahnen, schaukelte selbstvergessen zwischen zwei wunderhübschen Negerinnen, die gleich gekleidet waren, und zwar in blauweiße Kattun-Spielhöschen, zu denen die grellrot geschminkten Lippen der kleinen Münder und die roten Stirnbänder wirkungsvoll kontrastierten.

Gegenüber den drei Schönheiten saß, lässig in einen Korbsessel zurückgelehnt, ein Herr in weißem Leinenanzug, den wir nur im Profil sehen konnten.

»Ab, weg!« zischte Eugen mir zu und zog mich auch schon außer Sicht der Terrasse, was nicht sehr schwierig war: Die Bungalows waren so verschachtelt gegeneinander gesetzt, daß man sich ohne Mühe verbergen konnte.

»Den Kerl kenne ich«, erklärte Eugen von der Eulenburg, als wir ein paar Meter gegangen waren und uns wieder dem Parkplatz näherten, wo wir nicht auffallen konnten, weil inzwischen Lunch-Time war. »Sie haben vorhin einen ganz guten Riecher gehabt. Der Mensch ist nämlich aus Den Haag oder aus Amsterdam, ich habe ihn getroffen, als ich im Rijksmuseum alte Ansichten von Buckland-Abbey durchsehen wollte. Man bedauerte: Sie seien eben in der Hand. Ich verstand nicht gleich, was die Bibliothekarin meinte und fragte noch einmal. Da wurde sie deutlicher und erklärte ganz gereizt, dieser Herr dort drüben habe sich eben alle Ansichten, Stiche und Pläne von Buckland-Abbey ausliefern lassen, ich müsse wohl oder übel an einem anderen Tag wiederkommen – im übrigen habe sich ein so merkwürdiger Zufall noch nie ereignet.«

»Womit nun klar ist, daß es kein Zufall war!« stellte ich fest. Der Jagdeifer hatte auch mich gepackt. Dieser elegante Mann in seinem Bungalow mit den zwei schwarzen Miezen war also unser Konkurrent, und unser Vorteil war, daß wir von ihm wußten, er aber nicht von uns.

Das alles sagte ich dem Baron, er aber schüttelte besorgt den Kopf:

»Sie vergessen, daß Fairchild bei ihm ist. Das ergibt doch nur einen Sinn, wenn sie mit ihm arbeitet – und dann hat sie natürlich auch schon verraten, daß wir an dem Schatz ebenfalls dran sind. Der Vorteil unserer heutigen Expedition ist dennoch bedeutend: Wir wissen nun, daß wir Fairchild nicht trauen dürfen...«

»Mehr noch«, sagte ich, »wir wissen, daß wir ihr falsche Informationen geben müssen. Zum Beispiel müssen wir ihr einen späteren Tag für unseren Vorstoß in die Keller nennen, und wir müssen schnell handeln.«

Wir waren an den langen Volvo gelangt, ein Riesenschiff mit einem gewaltigen, kantigen Kofferraum und unverhältnismäßig flachem Kühler. Gedeckt durch den Baron versuchte ich, nahe genug heranzukommen, um das Nummernschild lesen zu können, als uns ein Parkwächter bei diesem Vorhaben störte:

»Suchen Sie etwas, meine Herrschaften?« fragte er mehr drohend als freundlich.

»Und ob!« antwortete Eugen schnell gefaßt und tat furchtbar erregt. »Wir wollten hierher zum Lunch, von Ashburton herauf, da schneidet uns doch ein Volvo mit einem Affenzahn, wir mußten in den Graben und haben jetzt einen Steinschlag vorne rechts... Wir wollten zu gerne wissen, ob es dieser Wagen war – sie sind ja noch ziemlich selten hier in England!«

Über das Gesicht des Mannes ging ein böses Lächeln.

»Hab' mir schon so was gedacht«, sagte er. »Ist ein widerlicher Kerl, behindert alle mit seinem Riesenschlitten... War heute auch schon weg« – Er legte die Hand auf die Kühlerhaube des Wagens – »und kam mit einem Tempo in den Platz geprescht, daß ich mich nur durch einen Sprung retten konnte. Warten Sie, ich sage Ihnen gleich, was Sie wissen müssen.«

Während der Parkwächter seinen Notizblock aufschlug, angelte Eugen schnell eine Fünf-Pfundnote aus der Brusttasche und drückte sie dem Mann in die Hand.

»Da, ich hab's ja schon: Jeremy Ephrusso aus Hilversum, von Beruf Diamantenhändler, Apartment 26 A. Zeigen Sie den arroganten Kerl ruhig an.«

Der Baron wiederholte den Namen nachdenklich, er schien ihm etwas zu sagen, aber nicht genug.

»Merkwürdige Mischung«, sagte er, als wir wieder im Wagen saßen und nach Tavistock hineinfuhren, um im *Bedford* zu essen. »Vorname amerikanisch, Familienname sephardisch. Ein großer, gut aussehender Mann, vornehmes Profil, höchstens Mitte dreißig... Es wird mir einfallen, wo und bei welcher Gelegenheit ich diesen Namen gelesen habe.«

Es verging aber doch eine gute Stunde und wir saßen schon beim Kaffee, als der Groschen endlich fiel:

»Jetzt habe ich's«, sagte der Baron befriedigt und lehnte sich in seinem Sessel zurück, »es ist ein mächtiger

Gegner, den wir da haben, aber es ist wenigstens kein Gangster... Der alte Ephrusso ist einer der größten Diamantenhändler auf dem Amsterdamer Platz, der ältere Sohn sitzt mit im Geschäft, der jüngere aber, und davon habe ich gelesen, hat ein kostspieliges Hobby: Er sucht nach den gesunkenen spanischen Schiffen aus der großen Seeschlacht von 1588!«

»Also nach den Schiffen der Spanischen Armada, gegen die ja auch Francis Drake kämpfte?«

»Ganz richtig. Er kennt also die Zeit, er kennt Drake, er hatte auch schon Erfolg bei einem spanischen Schiff, das vor der ostschottischen Küste in ziemlich seichtem Wasser lag. Dabei hat er wohl Blut geleckt. Nun ja, und jetzt geht er ans Eingemachte, er sagte sich wohl, wenn schon die Opfer eines Francis Drake soviel Wertvolles an Bord hatten, warum dann nicht gleich bei dem Herrn Vizeadmiral selbst suchen!«

Nachdenklich tranken wir unseren Kaffee aus, auf den Cognac verzichteten wir, und da es noch eine Stunde bis zu dem Zeitpunkt war, an dem die Läden wieder öffnen würden, fuhren wir zur Buckland-Abbey, ein paar Meilen südlich von Tavistock. Zu verfehlen war sie ja nicht, der klobig-kantige Turm ragt hoch genug auf und schimmert durch die alten Bäume, die ihn umgeben.

Wir blieben im Wagen sitzen, und zumindest ich war sehr aufgeregt. Unter diesen wuchtigen Gebäuden oder aber in den wunderschönen Gärten, irgendwo hier mußte der Schatz zu finden sein.

»Nicht in den Gärten, Heidemarie«, sagte der Baron, dem ich meine Überlegungen anvertraut hatte, »gewiß in den tiefsten Verliesen, sonst hätte sich der reiche Jeremy Ephrusso nicht die beiden Kampfschwimmerinnen mitgebracht!«

Ich hörte das Wort zum erstenmal.

»Sie meinen Wettkämpfe?« fragte ich unsicher.

»In gewissem Sinn ja, nur mit anderen Mitteln«, belehrte mich der Baron. »Früher sagte man Froschmänner, aber diese Bezeichnung war doch zu verniedlichend, und seit in einem englischen Hafen der Froschmann Lee J. Cobb beim Versuch, ein zu Besuch weilendes russisches Aufklärungsschiff auszuspähen, den Tod fand, seither hat sich die Bezeichnung Kampfschwimmer durchgesetzt. Das sind Leute, die nicht nur sehr gute Schwimmer und Taucher sind, sondern auch dazu ausgebildet wurden, sich interessanten Objekten unter Wasser oder doch durch den Wellengang gedeckt zu nähern. An Großölbehälter kommt man zum Beispiel von der Landseite kaum mehr heran, aber sie liegen naturgemäß an Wasserstraßen. Khomeini hat solche Kampfschwimmer im Persischen Golf eingesetzt, nach dem Muster der Hitlerwehrmacht schon im Zweiten Weltkrieg.«

Mir war klar, daß so ausgebildete Leute eine gute Chance hatten, wenn es um das unbeobachtete Vordringen zu einem unter dem Grundwasserspiegel ruhenden Schatz ging, aber die Gefährtinnen von Ephrusso waren Frauen, ja Mädchen!

Der Baron wischte meinen Einwand mit einem historischen Beispiel hinweg:

»Denken sie an Patrice Lumumba. Wissen Sie noch, wer das war? Ein Staatspräsident in den Kongo-Nachfolgestaaten, ein zweifellos überdurchschnittlicher Mann, smart, intelligent, von seinen Untertanen vergöttert, vor allem von dem weiblichen Teil der Bevölkerung. Er hatte die schönste Leibgarde, die es jemals gegeben hat, hinreißende junge Negerinnen, nur mit einem Leopardenfell bekleidet, mit Maschinenpistolen ausgerüstet, wilde, rücksichtslose, grausame Schönheiten, das Entzücken aller Wochenschau-Kameraleute..., aber gerettet haben sie ihren Herrn und Meister nicht!«

»Und weil es weibliche MP-Garden in Afrika gab, vermuten Sie, die zwei Begleiterinnen von Ephrusso seien Kampfschwimmerinnen?«

Der Baron zuckte die Schultern.

»Ich habe so ein Gefühl. Die zwei hatten ja nicht allzuviel an, als wir sie sahen. Das sind Körper, die schon einiges aussagen, die breiten Schultern, die starke Muskulatur im obersten Oberschenkelbereich, wo bei anderen Frauen eigentlich der weiche Hintern beginnt... Außerdem ist Ephrusso nicht der Mann, sich mit zwei Negerinnen zur Schau zu stellen, wenn es nicht sein muß. Er hat einen ganz triftigen Grund, die zwei an sich zu binden und über die Bezahlung hinaus zu interessieren, wie es bei einem so heiklen Auftrag ja wohl sein muß, wenn er gelingen soll.«

Wir stiegen nun doch aus und gingen ein paar Schritte in die Gärten hinter der Abtei. Die Gärten zählen ja zum Schönsten, was das südliche England zu bieten hat. Die große Feuchtigkeit und das milde Klima lassen zwischen Lands-End und Exeter wahre Wunder von großen und kleinen Gärten gedeihen, und der von Buckland-Abbey gefiel mir besonders mit seinen riesigen Zedern, die ganze Duftwolken abgeben, mit Magnolien, Rhododendron und Kamelien rings um einen der reizendsten Rasenplätze, die ich jemals gesehen hatte.

»Es ist schon eine Beruhigung für mich, daß wir nicht hier, inmitten dieser wunderschönen Gartenanlage, zu buddeln anfangen müssen«, sagte ich nachdenklich.

»Lieber unter Wasser einer von den schwarzen Mänaden begegnen?« fragte Eugen.

Ein Schauer überlief mich.

»Sie nehmen doch nicht an, daß ich für Sie unter Wasser gehe?«

»Nicht für mich, aber für eine Garantie von, sagen wir, 50000 Mark und einen Erfolgsanteil von zehn Prozent an dem Teil des Schatzes, der auf mich kommt?«

Hatte er sich auf die Schnelle nach meinen Verhältnissen erkundigt? Hatte er etwa meinen Bericht über mein Leben unter Millionären gelesen? Damals stand ich ja ganz gut da, dank der Großzügigkeit eines japanischen Großindustriellen. Aber der Yen war inzwischen auch nicht mehr das, was er früher bedeutete. Fünfzigtausend Mark, das war nicht nur eine längst fällige Dachreparatur in Mondsee, das war auch der 324 Turbodiesel von BMW, und dafür konnte man ja wohl ein wenig Kellerkind spielen.

»Also schön«, sagte ich, »reden wir Tacheles, wie Mijnheer Ephrusso sagen würde. Die Banken haben noch offen: Wir fahren jetzt nach Ashburton, errichten ein Konto für mich, und Sie zahlen den Scheck auch gleich ein, *d'accord*?«

Eugen überlegte nur eine Sekunde; es war sonnenklar, daß er mich seit Tagen studierte und daß er wußte, man könne mir vertrauen. Wir verließen Zedern, Kamelien und Rhododendron, sprangen in meinen kleinen Honda, dessen Tage fortan als gezählt gelten konnten, und brausten nach Ashburton.

»Hat einen Sound wie ein Lancia«, stellte der Baron anerkennend fest, als wir dort aus meinem Civic stiegen. »Machen Sie bloß nicht den Fehler, Ihr Geld in einen teuren Wagen zu stecken!«

Da das ja wohl meine Sache war, antwortete ich gar nicht mehr. Wir erledigten die Formalitäten, der Baron brachte eine Unmenge Unterschriften an, und der Filialleiter der *Cornwall Commercial Bank* überreichte mir zum guten Abschluß einen Konto-Auszug, auf dem ich einen hübschen, weil fünfstelligen Pfundbetrag als mein Eigentum erkennen konnte.

»Fortan, liebe Heidemarie«, sagte Eugenius von der Eulenburg verbindlich, aber ernst, »fortan gelten Kriegsgesetze, und ich habe das Kommando!«

»Und was bedeutet das konkret?« wollte ich wissen, denn daß ich mich auf ein dickes Ende eingelassen hatte, das war mir nach der Bankoperation natürlich klar.

»Heute Abend muß Fairchild auf dem Schloß bleiben, das ist Grundsatz in der Familie. Außerdem wird sie Ephrusso kaum zweimal am Tag besuchen. Wir kennen ihn, er kennt uns aber nicht. Wir werden zu dritt im *Horn of Plenty* zu Abend essen; ich bestelle den Tisch noch von hier, von Ashburton aus, damit es von den Uylenburghs keiner bemerkt. Dann stehen meine zwei weißen Schönheiten gegen Ephrussos schwarze Garde. Er müßte ein Heiliger sein, wenn ihn dies nicht zu näherer Bekanntschaft verführte!«

»Und wenn er nun ein Heiliger ist?« fragte ich spitz.

»Dann wäre er der erste und einzige heilige Diamantenhändler auf der Welt, dieses Risiko müssen wir eingehen!« sagte Eugen und fingerte vergeblich zwischen den Autositzen herum, denn ich hatte nicht nur kein Autotelefon, ich hatte nicht einmal eine Konsole. Aber das sollte sich ja bald ändern!

Gemischtes Doppel

Es war Eugenius Baron von der Eulenburg vermutlich nur aufgrund seines wohlklingenden Namens und seines Oxford-Touch im Englischen gelungen, für uns noch einen Tisch zum Terrassen-Dinner im *Horn of Plenty* zu erlangen, denn während etwa in Frankreich auch an kleinen Orten, die in der Nähe von Sehenswürdigkeiten liegen, die ein-, zwei- und drei-Sterne-Restaurants mit größter Sicherheit anzutreffen sind (zum Beispiel in Les Baux de Provence!), halten es die Briten mit der Austerity. Sie verstecken nicht nur ihre schönsten Dolmen hinter Drahtzäunen, sie üben sich auch in Enthaltsamkeit, was die Tafelfreuden betrifft. Und wenn sich ein Nobelrestaurant in einem kleinen Ort schon einen Namen gibt, den ich mir mit *Das Füllhorn* übersetze, dann beweist dies eine leider sehr seltene Einsicht in die Tatsache, daß kunstsinnige, geschichtsinteressierte Englandbesucher sehr oft auch eine gute Küche zu schätzen wissen.

Auf Uylenburgh-Castle hatte man uns mit einem lachenden und einem weinenden Auge scheiden sehen. Einerseits stand der Familie nun ein Abend in tödlicher Langeweile bevor, dessen Attraktionen ausschließlich aus dem Fernsehen kommen würden, den Lage- und Gesellschaftsberichten der BBC aus den verschiedenen britischen Seebädern zwischen Blackpool und Brighton.

Andererseits aber hatte ich reichlich eingekauft, und man brauchte auf dem Schloß nun mit niemandem zu teilen, ganz abgesehen davon, daß die Lücken in der Speisekammer für einige Zeit als aufgefüllt gelten durften.

Natürlich hatten wir, schon wegen der intriganten Fairchild, nicht unser wirkliches Fahrtziel angegeben, sondern behauptet, wir seien mit Landsleuten in Torquay verabredet. Ja wir hatten die Mimikry so weit getrieben, in *Fanny's Dining Room* einen Tisch zu bestellen (In Wahrheit hatte mir Eugen versichert, die ganze Torbay mit Torquay und seiner monströsen Badeküste sei gastronomisch eine Wüste, es gebe kein einziges Lokal, das auch nur drei gekreuzte Bestecke im Michelin habe, ganz zu schweigen von einem Stern oder wenigstens einem roten Vögelchen für angenehme und ruhige Lage). Der alte Earl hatte sogar einen Stadtplan dieser schaurig verbauten Gegend hervorgekramt, auf dem noch Pferdebahnlinien eingezeichnet waren, und wir hatten uns dankend verabschiedet, von Fairchilds mißtrauischen Blicken begleitet. Sie hatte, wie jede geborene Intrigantin, nicht nur die volle Schönheit, wie sie mitunter auch wirklich bösen Menschen zuteil wird, sondern auch jenen sechsten Sinn, der eine Frau erst zur Meisterin der geheimen Spinnen-Netze macht. Sie konnte es noch weit bringen, das fühlte ich, wenn ich sie heimlich beobachtete, aber es rann mir kalt den Rücken hinunter, wenn ich zu ahnen begann, wie viele Opfer ihr Aufstieg fordern würde.

Der Reichsfreiherr von der Eulenburg, in England meist als Baronet bezeichnet, hatte es mit der Garderobe am einfachsten, wie die Männer eigentlich immer. Er hatte, da wir nicht sicher wußten, was man im *Füllhorn* für Tischsitten bevorzugte, zur cremefarbenen Hose ein kardinalrotes Smokingjackett gewählt, damit trug er der Tatsache Rechnung, daß man auf einer Terrasse speiste, also nicht ganz im Haus und nicht wirklich im Garten. Nun und wir zwei, die weibliche Staffage, wir hatten ja nur die Aufgabe, dem Mijnheer aus Hilversum zu beweisen, daß auch weiße Frauen begehrenswert sein können. Es ging also darum, ihm möglichst viel weiße Haut zu zeigen, so viel, wie man in jenem großen Haus im kleinen Gulworthy gerade noch zulassen würde.

Das Richtige wäre gewesen, im Sister-Look aufzutreten, hatten die zwei Kampfschwimmerinnen den schönen Ephrusso doch mit dieser Tour eingefangen. Jeder Mann, und sei er noch so monoman, ist mit tödlicher Sicherheit zu korrumpieren, wenn man ihm zu seinem Objekt der Begierde plötzlich eine Spiegelung hinstellt: wenn er, mit der einen fleischlich beschäftigt, auf einmal eine zweite identische Ausformung seiner Wünsche und Sehnsüchte vor sich sieht. Damit besiegt er nämlich die Unzulänglichkeit unserer Natur, die darin besteht, daß wir an unseren Geschlechtsorganen, an den sensibelsten Partien unserer Körper, keine Augen besitzen. Dringt der Mann in uns Frauen ein, so sieht er allenfalls und auch nur, wenn er sich hochstemmt, den Oberkörper, er sieht die Brüste (kann sie aber nicht zugleich spüren), und spürt er sie, so entzieht sich ihre Form wiederum der Besitzergreifung durch die Augen, über die ja der wirkliche Genußtransport bis ins Gehirn erfolgt. Und wir Frauen, wir leiden darunter, daß wir in dem Augenblick, da wir besessen werden, eben nur eine triviale Unterlage sind, statt daß man uns in diesem höchsten, ekstatischen Moment auf ein Piedestal stellen würde, sichtbar, erfaßbar, anbetungswürdig.

Der banale Spiegel-Ausweg, wie ihn jedes Baldachinbett in einem Puff ermöglicht, löst das Problem für die

Frau überhaupt nicht. Sie sieht, den Blick zur Decke wendend, einen schuppigen Affenhintern in Aktion, einen verkrampften Rücken, auf dem sich der Schweiß in einer Rinne sammelt und, wenn sie Pech hat, zudem noch die kleine Hinterhauptsglatze des Mannes, der auf ihr rackert. Und der Mann, sofern seine Potenz überhaupt ausreicht, um auf dem Rücken liegend reitend besessen zu werden, der Mann kann im Baldachinspiegel gerade noch die Schultern der Schönen erkennen und vielleicht, wenn sie sich vorbeugt, die Konturen ihres Hinterns, keinesfalls aber die wirklich stimulierende Gegend, die feuchte, rosige Lieblichkeit, deren Anblick für die Potenz so wichtig ist, oder den ganzen umfänglichen Arsch mit seiner Kerbe, den Farbabstufungen, der Eloquenz der Kurven.

Daher also der unwiderstehliche Triumph der weiblichen Zwillingspärchen oder der als Zwillinge auftretenden großen Kokotten, der Zwillings-Sklavinnen, für die stets die höchsten Preise bezahlt wurden. Als ich überlegte, wie Melitta und ich uns herausstaffieren sollten, da wir an eine übereinstimmende Garderobe doch nicht gedacht hatten, fiel mir ein Buch über Venedig ein, das ich gelesen hatte und in dem diese Stadt als ein Schiff aus Stein bezeichnet worden war. Darin war von einem venezianischen Arzt die Rede, der sich aus dem Orient zwei wunderschöne Syrerinnen hatte kommen lassen, oder auch das, was man damals Tscherkessinnen nannte, also weiße türkische Mädchen, Zwillinge. Und er entbrannte in solcher Leidenschaft zu den beiden, er trachtete so verzweifelt, ihnen beiden gerecht zu werden, daß er alle seine Kräfte in diese jungen Sklavinnen verströmte und starb, ehe sie zwei Jahre bei ihm gewesen waren.

»Wir können nicht im Sister-Look gehen«, sagte ich,

aus solchen Gedanken erwachend, »weil wir keine gleichen Kleider haben. Das heißt, Melitta hat zwar ein Dirndlkleid mit und ich habe auch eines, aber so können wir im *Horn of Plenty* doch nicht aufkreuzen. Also müssen wir unsere Parallelität andeuten, und zwar durch Accessoires.«

Da wir drei Stunden Zeit hatten und Uncle Joshua ins Vertrauen ziehen konnten, wurde es ganz lustig. Wir probierten Halstücher, Hütchen, Schleier, Schals und sogar Schirme aus dem ungeheuren Fundus derer von Uylenburgh-Castle. Wir stelzten bald viktorianisch einher, bald schleppten wir uns wie Rentnerinnen aus einem Arbeiterbezirk über die Golden Line von Blackpool. Eugen machte dem leider ein Ende, weil er mit der Uhr in der Hand erschien und energisch bat, nun doch wohl zu einem Ende zu kommen, der Tisch sei für acht Uhr abends reserviert.

Das war unvorsichtig: Uncle Joshua mußte ja annehmen, wir würden nach Torquay fahren, und prompt sagte er auch mit seiner bekümmerten Altmännerstimme, das würden wir niemals mehr schaffen, wenn man abends auch zum Meer meistens freie Fahrt habe.

»Nun, wir kriegen das schon hin!« brummte Eugen, ärgerlich darüber, daß er, der smarte Boß, sich so verraten hatte. Wir aber mußten nun zu einem Ende kommen. Eugen scheuchte Uncle Joshua hinaus, der uns mit Glupschaugen zugesehen hatte, als wir die Kleider an- und auszogen und die verschiedenen Accessoirs probierten, ließ sich auf einen wackeligen Rohrstuhl nieder und dekretierte:

»Eng und schulterfrei habt ihr doch? Gut! Melitta blau zum blonden Haar, das ist ganz gut, Heidemarie rot zur Haarfarbe Auburn, ausgezeichnet. Jetzt das Gemeinsame...«

»Armreifen!« schlug ich vor. »Das suggeriert Unterwürfigkeit!«

»Und wenn wir uns mit Handschellen aneinanderschließen würden?« regte Melitta an und strahlte vor Stolz über ihren Einfall.

»Damit würden wir im *Caveau des Assassins* in Saint Germain des Prés einen Riesenerfolg haben«, gab Eugen zu, »in Gulworthy aber würde man uns gar nicht ins Lokal lassen.«

»Ganz abgesehen von der Tatsache, daß wir dann mit nur einer Hand essen könnten«, stellte ich trocken fest. »Da bleibe ich bei Armreifen – aber man könnte sichtbare Fußkettchen tragen, nicht zu klein, so daß die Glieder gut zu erkennen sind, und die Kette dann oben in den Gürtel stecken.«

»OK – habt ihr so etwas?« fragte Eugen nervös. Wir hatten! Wir wickelten dann auch noch weiße Turbane um unsere Haare, es mußte ja eine Farbe sein, die sowohl zu blau als auch zu rot paßte, kleine, schicke Steck-Turbane oben auf dem Kopf, so daß das Haar noch gut zu sehen war und die Agraffen, mit denen diese koketten Kopfbedeckungen befestigt wurden.

»Damit haben wir immerhin Signale gesetzt«, gab Eugen zu und drängte uns auf die Hintersitze, was nicht ganz einfach war: Wir mußten ja wieder den Civic nehmen, damit der Golf für die eigentliche Unternehmung ein unbekanntes Fahrzeug bleibe.

Als wir in Gulworthy eintrafen, war es dunkel, was nur recht sein konnte. Der Parkwächter erkannte uns sogleich wieder, eine Fünf-Pfund-Note vergißt man schließlich nicht so schnell, und flüsterte uns zu: »Mr. Ephrusso hat mich gebeten, ihm zu sagen, wann Sie kommen; er weiß auch, daß Sie einen Tisch bestellt haben!«

Mir fiel das Herz in die Hose, so klein diese an diesem Abend auch war.

»Nun ja«, fuhr der Mann fort, »ich habe ihm von dem Zwischenfall erzählt, auf der Straße, das Abdrängen und so, und es war ihm ganz furchtbar peinlich. Er will sich unbedingt revanchieren...!«

Eugen verbarg seine Überraschung ziemlich geschickt und folgte dem Mann, der freilich in seiner Montur den Aufstieg auf die eigentliche Speiseterrasse nicht riskieren konnte, sondern uns dort nur die Gartenbar zeigte: an ihr sitze Ephrusso!

»Immerhin«, stellte Eugen von der Eulenburg befriedigt fest, »der Gute hat uns in seinem Diensteifer eine komplizierte Anbahnungs-Intrige erspart. Wenn Ephrusso etwas über den Vorfall auf der A 390 wissen will, laßt ihr mich reden, sonst widersprechen wir einander.«

Die Begrüßung der Herren war von jener Herzlichkeit, mit der man tiefsitzende Antipathien überspielt. Ephrusso witterte offensichtlich den alten Adel und schien ihn nie gemocht zu haben, und Eugen wußte ja schließlich, mit wem er es zu tun hatte. Als die ersten Höflichkeiten gewechselt waren, wurden wir ins Spiel gebracht, Ephrusso bestellte uns Apéritifs und entfernte sich für eine Minute, um seine Damen aus dem Bungalow herbeizutelefonieren.

»Glücklicherweise«, sagte ich, »ist er aus der Nähe betrachtet nicht halb so schön wie vormittags bei unserer Fensterguckerei, finden Sie nicht, Eugen?«

»Ich habe für die äußeren Vorzüge von Männern wenig Gespür«, antwortete der Baron abwehrend, »außerdem ist das völlig unerheblich... Ihr müßt furchtbar auf der Hut sein bei allem, was ihr sagt. Der Mann ist leider intelligenter als ich, will sagen gerissener. Wann hat ein

Reichsfreiherr jemals eine Chance gehabt gegen einen Diamantenhändler!«

»Wir helfen dir schon!« flüsterte Melitta zärtlich. »Immer, wenn er dir eine blöde Frage stellt, laß ich mindestens einen Träger rutschen, und wenn's sein muß auch beide zugleich. Er sieht aus wie George Hamilton als Dracula. Ich wette, er verknallt sich in mich, ich hab' das im Gefühl.«

»Das wäre dann Liebe auf den ersten Biß«, sagte ich anzüglich, »so hieß doch wohl dieser George-Hamilton-Film?«

»Er hieß *Love at first Bite*«, sagte hinter uns die sonore Stimme Ephrussos, »ich werde häufig auf diese Ähnlichkeit angesprochen, und so schmeichelhaft dies für mich ist, zeitweise war es sehr lästig, damals, als Hamilton eine Affäre mit Lynda Bird hatte, der Tochter des seinerzeitigen Präsidenten Johnson.«

»Nun, damals müssen Sie doch sehr jung gewesen sein«, flötete Melitta und verschlang den Holländer mit ihren Blicken.

»Vielen Dank für die Blumen, Fräulein Straubinger – so war doch der Name? – Hamilton ist 1939 geboren, ich genau zehn Jahre später. Die Affäre mit Lynda Bird war, wie ich glaube, 1966, ich war also siebzehn und genoß es zunächst außerordentlich, daß Fotografen mir auflauerten, wenn ich an der Côte d'Azur eintraf oder in Knokke oder in Scheveningen. Aber da mein Vater auf diese Weise mehr über mein Privatleben erfuhr, als mir lieb sein konnte, trug ich bald ein Schild um den Hals mit den Worten: *I am not Hamilton*, und das sorgte natürlich erst recht für ein Blitzlichtgewitter.«

»Wollten Sie nicht Ihre Damen holen?« erkundigte sich Eugen und leerte sein Glas Dubonnet.

Ephrusso lächelte diabolisch, wenn auch ohne Dracula-Zähne.

»Ich mußte meinen schönen Begleiterinnen natürlich verraten, wen Sie mitgebracht haben, Baron, und da verlangten die beiden noch eine Viertelstunde für ihre Garderobe – obwohl ich den Verdacht habe: je länger sie brauchen, um sich anzuziehen, desto weniger haben sie dann schließlich auf dem Leib!«

Wir richteten uns also mit einem zweiten Apéritif auf diese Wartezeit ein, und ich gratulierte mir, nicht jenes süße Zeug bestellt zu haben, mit dem sich die anderen nun aus Langeweile den Magen verkleben würden, sondern einen herben Barack, von dem man ohne Schaden für Leib, Seele und Appetit mindestens drei trinken konnte.

»Was machen Sie eigentlich in Devon, flankiert von zwei schönen Frauen, die andererseits auch wieder nicht wie Mannequins aussehen?« wollte Ephrusso wissen.

Ich mußte an mich halten, um dem Baron nicht ins Wort zu fallen, denn daß wir keine Mannequins seien, das bezog sich ja wohl vor allem auf Melittas kleinen Wuchs und ihre ausladenden Formen und war somit eine deftige Unhöflichkeit.

»Nun, nicht für jede Art von Fotografie braucht man knabenhafte Kleiderständer!« konterte Eugen durchaus zufriedenstellend. »Wir bereiten einen, wie ich glaube sehr originellen, Bildband vor, Arbeitstitel *Enchanted Britain*.«

»Verzaubertes Albion«, wiederholte Ephrusso nachdenklich. »Gar nicht schlecht. Die blonde Dame ist dann wohl die Sächsin und die brünette die Normannin?«

»Keineswegs«, antwortete ich mit unterdrücktem Zorn, denn wenn ich etwas hasse, dann sind es Taxierungen und Katalogisierungen meiner Person, »der Baron findet den wahren Zauber dieses Landes in den vorgeschichtlichen Denkmälern, also in Stonehenge und anderen Großsteinbauten. Meine liebe Freundin Melitta stellt in diesen Kompositionen ein Mädchen aus jenem unbekannten Seefahrervolk dar, das vor viertausend Jahren die Dolmen und die Menhire aufrichtete, und ich komme danach als Keltin.«

»Madame!« sagte Ephrusso anerkennend und trank mir zu, wobei er mich zum erstenmal richtig ansah. »Mein Kompliment. Ich kann mir denken, daß das ein sensationelles Geschäft wird: Eine schöne blonde Frau nackt an einen Menhir gefesselt, gleichsam als Opfer für den Gott der Fruchtbarkeit und der Fortpflanzung.«

In diesem heiklen Augenblick, als Ephrussos Augen sich eben wie Saugnäpfe an Melittas Dekolleté geheftet hatten, erschienen endlich die beiden Negerinnen, von denen Ephrusso sich einen Überraschungseffekt erhofft haben mochte – er konnte ja nicht wissen, daß wir sie zumindest aus der Ferne schon kannten. Sie kamen, sichtlich an Auftritte gewöhnt, nebeneinander durch das breit offenstehende Garden Door und traten zugleich ins schummerige Licht der Bar. Ich gratulierte mir zu den drei Gläsern Barack, die ich intus hatte, denn bei irgendeiner labberigen Mischung hätte es mir jetzt den Atem verschlagen. Die zwei trugen zwar nicht gerade Leopardenfelle, aber sie hatten sich auf antik kostümiert, was keine besondere Gefahr darstellte, weil ja niemand die Stammeskleidungen in den verschiedenen afrikanischen Staaten kennt und weil man sich gerade in Großbritannien stets gehütet hatte, in Landessitten einzugreifen.

»*Voilà* Kanga und Zeyla!« sagte Ephrusso in diesem Augenblick, aber ich hörte seine Stimme kaum, ich war in den Anblick der teakholzdunklen Schönheiten versunken. Sie waren nämlich, wie sich nun herausstellte, Mulattinnen, ihre Haut hatte einen sehr dunklen Bronzeton, und bekleidet waren sie – wenn man es eine Kleidung nennen wollte – mit weißen, goldbordierten Miniröcken und am Oberkörper mit duftigen Foulards in der gleichen Farbe, auf denen schwere Geschmeide blitzten, so daß ihre Durchsichtigkeit ein wenig gemildert erschien. Sie trugen weder Schuhe noch Strümpfe, sondern ein goldenes Leder-Flechtwerk, das bis unters Knie heraufstieg. Da die Foulards im Nacken geknotet waren, leuchteten Schultern und Rücken im Licht der Deckenstrahler in jenem tiefen Goldbraun, das die Sehnsucht aller weißen Frauen ist.

Ephrusso strich den beiden den Apéritif, was sie nicht sonderlich zu bedauern schienen. Sie waren auch zweifellos zu jung für den Alkohol, ich gab ihnen siebzehn, höchstens achtzehn Jahre. Dann führte uns Ephrusso an den Sechsertisch, wo sich die Kellner sogleich mit der größten Aufmerksamkeit um uns versammelten.

»Sie wissen, daß dieses Haus hier einen besonderen Ruf genießt«, sagte Ephrusso, »man müßte bis Bath fahren, um ein gleichwertiges Restaurant zu finden...«

Ich hatte den Großbritannien-Michelin studiert, ehe ich mich auf die Insel aufmachte, und ärgerte mich, daß Ephrusso seine Einladung in ihrem Wert so in die Höhe schraubte.

»In Brixham bei Dartmouth soll man genauso gut essen«, sagte ich darum spitz, »zumindest hat das *Randalls* dort auch einen Michelin-Stern.«

»Ja?« blökte Ephrusso indigniert und war für einen Augenblick so deutlich aus dem Konzept gebracht, daß seine *dark beauties* hinter vorgehaltenen Servietten kicherten. »Muß ich mal hinfahren, habe nie davon gehört!«

Eugen vermittelte schnell und geschickt:

»Das *Randalls* in Brixham ist ein französisches Restaurant auf englischem Boden, diesen und den besten italienischen gehört natürlich die besondere Vorliebe der Michelin-Redaktion. Hier aber bekommen wir ausgezeichnete britische Küche« – er verschluckte sich nicht einmal bei dieser Blasphemie –, »zum Beispiel haben wir hier kürzlich Lamm in Pfefferminzsauce gegessen...«

»Nun, dann werden Sie es heute nicht schon wieder essen wollen«, stellte Ephrusso fest, womit dieser Mint-Kelch an uns vorübergegangen war. »Wir werden also unser Menü um die Quenelles of fresh Salmon herumgruppieren und, wenn wir nicht satt sein sollten, dann die berühmten süßen Brötchen des Hauses nachschieben!«

Als er bestellt hatte, führte kein Weg mehr an der Frage vorbei, welcher Zwischenfall uns denn eigentlich an einen Tisch gebracht hatte. Wir Damen verhielten uns verabredungsgemäß mäuschenstill, wir lächelten nur hin und wieder freundschaftlich zu den niedlichen Hurengesichtern der zwei Mulattinnen hinüber, die ja wirklich hübsch anzusehen waren, die Lippen genau so negroid, daß es den Reiz erhöhte, die Zähne blitzend weiß, die Nasen klein und frech und der Blick so eiskalt, daß es einen grausen konnte. Lieber, sagte ich mir, würde ich einem Hai unter Wasser begegnen als diesen Vollstreckerinnen.

Die Erklärungen, Proteste und höflichen Dementis der Männer erinnerten an jene Erzählungen von Jagdfliegern, bei denen die Hände mehr zu tun haben als der Verstand. Ephrusso betonte, daß er eben einen neuen Volvo 760 Dschi-el-I fahre, was wohl GLE bedeuten sollte; der Gute war wohl wie so mancher heimatlose Sepharde, schon aus ererbten Haß auf die spanischen Vertreiber eben hemmungslos anglophil.

»Sie müssen bedenken, Eugen – ich darf doch Eugen sagen? – ein zweikommaacht Liter Motor, 156 DIN-PS, eine exzellente Beschleunigung, das prägt eben auch den Fahrstil, und da kann man schon einmal so ein kleines Fahrzeug wie Ihren Honda übersehen!«

Man kann, aber er hatte ja gar nicht übersehen, das wußte er eben nicht. Ein wenig mißtrauisch war er aber doch geworden:

»Ich frage mich nur, wie Sie Ihre ganze Fotoausrüstung in einem zugegeben handlichen, aber doch eben sehr wenig geräumigen Wagen unterbringen... Für Stonehenge brauchen Sie doch Balkenkameras und Spiegel!«

Der Mann war gefährlich, aber Eugen blieb ihm nichts schuldig, Gott sei Dank: Er verwies auf die atmosphärische Wirkung von Wolken gerade über einer Urwelt-Szenerie wie der von Stonehenge und improvisierte eine Philippika gegen die Übertechnisierung bei Fotoreportagen, die GEO-Teams, die schon reisten wie ein Zirkus oder wie Gilbert Bécaud, wonach dann von dem Objekt, um das es gehe, ein naturalistischer Eindruck gar nicht mehr eingefangen werden könne.

Zum Glück kamen dann endlich, nach einer Lawine von Vorspeisen aus dem nahen Meer, die Lachsbällchen mit dem Kommentar des Kellners, daß damit in ein paar Wochen Schluß sein werde: Der wirklich frische Lachs sei eine Angelegenheit der Monate Mai bis September.

Nun, um es rundheraus zu sagen: Sie waren köstlich, Lachs einmal nicht gebeizt! Ich hätte es nicht für möglich gehalten, daß Wasser ein Geschmacksmoment bilden könne, aber es konnte! Man sah sie ja springen, die Lachse, in den Bächen und kleinen Flüssen dieses herrlichen großen Naturschutzgebietes, und nun durfte man sie auch noch verzehren. Das war eine hochwillkommene Annäherung an die Natur.

Gleichwohl gelüstete uns alle schließlich noch nach den *Sweetbreads in home-made brioche*, weil es sich dabei nämlich keineswegs um süße Brote handelte, sondern um Kalbsmilch, fein eingebacken in Blätterteig, ein ganz köstliches, leicht salziges Dessert, zu dem wir einen Sauvignon aus der Touraine tranken, und zwar, wie ich bald darauf feststellen mußte, viel zu viel.

Die Lärvchen uns gegenüber gerieten in Fahrt. Kanga, die Eugen zunächst saß, hatte ihre rechte Hand verdächtig oft unter der Tischdecke, und Zeyla, neben Ephrusso, beschäftigte ihre Linke auf die gleiche Weise. Wäre der Tisch etwas schmäler gewesen, ich wette, sie hätten mit ihren rosig-schwarzen Zehen auch uns beiden die entsprechenden Liebesdienste erwiesen.

Als dann Kaffee aufgetragen wurde und jenes Pfefferminzgebäck, das uns schon in Tavistock in die Flucht geschlagen hatte, leerte Ephrusso seine Tasse mit verdächtiger Behendigkeit. Seine Wangen hatten sich gerötet, sein Atem ging kürzer, und während Eugen sich prächtig in Gewalt hatte, verlangte unseren Gastgeber inzwischen ganz deutlich nach einer anderen und weniger offiziellen Umgebung.

»Wozu«, brachte er heraus, »sitzen wir hier endlos auf gar nicht so bequemen Stühlen? Wir haben nur ein paar Schritte zu einem sehr angenehmen Bungalow mit einer zwar kleinen, aber gut zusammengestellten Bar. Darf ich Sie alle herzlich einladen, mich zu begleiten?«

Er erhob sich, ohne eine Antwort abzuwarten. Zeyla und Kanga (oder wie immer sie hießen, man hätte sie auch numerieren können) wetzten vorne weg, man sah ihren Ärschen an, wie froh sie waren, nicht mehr sitzen zu müssen. Melitta nahm sich des Hamilton-Verschnitts an, und ich blieb auf einen Wink ein paar Schritte zurück, um Eugen einen Grund zu liefern, ebenfalls zurückzubleiben.

»Haben Sie verfolgt, ob er wirklich getrunken hat, oder tut er nur so?«

»Von den Tischweinen hat er erheblich getrunken, aber das sagt ja nicht sehr viel... Warum?«

»Ich möchte mich in seinem Bungalow natürlich ein wenig umsehen, ich meine, wenn wir schon hineindürfen!«

»Die zwei Mulattinnen aber sind gefährlich. Die härteste Klasse. Zehn Stück davon aufs sechszehnte Arrondissement angesetzt, und Paris hat keine Millionäre mehr!«

Eugen sah mich überrascht an:

»Sie scheinen auch dieses Milieu zu kennen, Heidemarie? Das enttäuscht mich bitter!«

Ich lachte, er war manchmal wirklich so naiv wie seine ganze Klasse.

»Na hören Sie«, sagte ich, »das hätten Sie inzwischen doch wohl bemerkt. Schließlich haben wir miteinander geschlafen, brav, ehrlich, wie eben ein nettes Mädchen von dreißig derlei tut. Nein, ich war in Paris am Theater, *c'est tout*. Aber in einem habe ich gewiß recht: Die zwei smarten Bestien sind die eigentliche Gefahr. Seinen Verstand nämlich, den können wir mit Alkohol und mit Sex einschläfern, die Instinkte von den zwei Mädchen aber, die werden in der Nacht von Stunde zu Stunde nur schärfer!«

Nun, es wurde keine Nacht der langen Messer, warum auch. Was uns half, war das ungebändigte Selbstvertrauen von Jeremy Ephrusso, der sich mit der schönsten

Selbstverständlichkeit gleich vier Frauen gewachsen fühlte, so daß er Eugen von der Eulenburg nach den ersten Balgereien gar nicht mehr beachtete. Zeyla und Kanga hatten nicht einmal gewartet, bis wir im Bungalow angelangt waren: Vor uns her tänzelnd, mit diesem einmaligen Wiegeschritt, wie ihn Weiße niemals zustande bringen, hatten sie sich schon auf den Steinquadern, die den Weg zu den Bungalows bezeichneten, ihrer weißen Röckchen entledigt. Goldbraun leuchteten ihre hüpfenden Po-Backen über den geschnürten Waden, es war kein Bild mehr, es war eine Melodie. In der Türe dann rissen sie sich die Foulards vom Hals, und kaum war Eugen eingetreten, da warfen sie sich auf ihn wie zwei Tigerinnen.

Man sah ihm an, daß er damit gerechnet hatte, und welchem Mann hätte solch ein Überfall nicht geheime Träume erfüllt. Aber es ging doch sehr schnell. Er war nicht binnen Minuten, sondern binnen Sekunden nackt wie ein Wurm und wurde zur Beute der bronzefarbenen Zwillinge, noch ehe Ephrusso sich zwischen Melitta und mir entschieden hatte.

»Sie müssen entschuldigen, meine Damen«, sagte er kokett, »bisweilen fühle ich mich mit diesen beiden tatsächlich wie im Dschungel... Wollen Sie mir trotzdem Ihre Wünsche bekanntgeben? Wir brauchen nichts zu überstürzen!«

»Da Sie mich schon fragen, Jeremy«, antwortete ich, »mir fehlt noch etwas, ich meine, am Alkoholspiegel... Darf ich Ihren Barschrank inspizieren, während Sie mit Melitta dasselbe tun?«

Er lachte, Melitta zierte sich nur genau so viel, wie man in Franken als notwendig erachtete, und als ich mit einem zwölf Jahre alten *Ardbeg* ins Licht zurückkehrte, lag etwas umfänglich Weißes über einem Fauteuil, das war wohl Melittas Hinterteil, und Jeremy machte sich eben daran zu schaffen.

Ich hatte also gut getan, mir etwas zu besorgen, woran man sich festhalten konnte, und während rings um mich zartes und weniger zartes Stöhnen begann, las ich mir laut vor, mit wem ich es zu tun hatte. Es war eine 75-Centiliter-Flasche mit schwarz-weiß-goldenem Etikett. Ganz oben stand: *Established 1815*. Die Firma war also in Englands großem Jahr gegründet worden, im Jahr von Waterloo. Dann kam das Zauberwort *Ardbeg* und darunter alles, was ich für meine Glückseligkeit brauchte: *Finest Islay single Malt. Guaranteed 12 years old. Ardbeg Distillery limited, Isle of Islay, Argyll, Scotland*... Was brauchte es mehr!

Es war kein ungetrübter Genuß, weil immer wieder einer oder eine von den vielbeschäftigten Nackten, das eislose Whiskyglas erblickend, mit Krallfingern voll von Eiswürfeln heranrobbte und die blanken Kuben in mein Glas poltern lassen wollte. Ich verteidigte meinen *Ardbeg single Malt* energischer als meine Unschuld, weil solch ein Insel-Whisky ja doch die wahre Unschuld ist und beinahe die letzte, zu der wir vorstoßen können, seit die Pilze die Schwermetalle ansaugen und selbst der Honig nach dem Tag von Tschernobyl nicht mehr das ist, was er einmal war.

Man hob mich hoch, man hielt das Whiskyglas, von dem ich mich nicht trennen wollte, neben mir so fürsorglich wie einen Infusionsschlauch. Man befreite mich von allen hemmenden Kleidungsstücken und machte sich an mir zu schaffen, Männlein wie Weiblein, bis ich mit einem so lauten Schrei kam, daß das Glas in meiner Hand zersprang, ein Blutfädchen über meine Finger rann und ein Whiskybächlein wohlig brennend zwischen meine Schenkel.

»Enorm«, grunzte Jeremy und leckte die beiden Säfte in eins zusammen, »das ist ein Cocktail, wie er selbst dem Grafen Dracula niemals serviert wurde!«

Kalter Stein und heiße Miezen

Aus irgendeinem Grund schien Jeremy Ephrusso sich von uns nicht trennen zu wollen. Vielleicht hatte er tatsächlich Feuer gefangen, und die weißhäutig-dralle Melitta Straubinger interessierte ihn ernsthaft als Kontrapunkt zu seinen schlanken Mulattinnen; derlei sollte es ja geben. Er war offensichtlich reich genug, die ganze Schatz-Geschichte als pures Hobby zu betreiben und das für ein paar Tage in den Hintergrund treten zu lassen, wenn ihn eine besondere Sex-Konstellation gerade mehr beschäftigte.

Es konnte aber auch sein, daß er Verdacht geschöpft hatte, daß er die Version von dem Beinahe-Unfall auf der A 390 gar nicht geglaubt, sondern nur so getan hatte, und daß er uns in der Nähe haben wollte, um unsere wahren Absichten zu ergründen und herauszufinden, wieviel wir schon wußten – und ob wir überhaupt etwas wußten, oder ob alles Zufall war.

Sehr beunruhigt über unsere Absichten war er offenbar noch nicht, denn er ließ sich am Morgen nach der kleinen Orgie unendlich viel Zeit...

Wie immer war ich die erste, die erwachte. Daß die Männer noch schliefen, war klar, sie hatten sich ja am meisten ausgegeben. Kanga und Zeyla, die schönen Raubkatzen, waren nicht zu sehen, was mich so lange zu einer gewissen Vorsicht nötigte, bis ich sie auf dem kleinen Freisitz des Bungalows entdeckt hatte: Sie hatten die Hollywoodschaukel aller Kissen beraubt und sich auf dem tagsüber ja kräftig durchwärmten Stein ein Nachtlager bereitet, was ihnen zweifellos einen Schlaf in guter Luft beschert hatte, denn wir anderen hatten zwischen vollen Aschenbechern und halb geleerten Gläsern genächtigt.

Melitta lag auf dem großen Bett, einen Mann zur Linken, den anderen zur Rechten. Aber während Jeremy und Eugen auf dem Bauch lagen und die Gesichter in die Kissen drückten, war die Lage der hübschen Bajuvarin Ausdruck einer vollkommenen Erschöpfung, die keine Hemmungen mehr übrig gelassen hatte: Das blonde Fräulein Straubinger lag splitternackt auf dem Rücken, die Arme hochgeworfen, die runden Schenkel leicht gespreizt, ein Bild für die Götter, sofern sie normal veranlagt waren (bei Narkissos ist man da nicht so sicher).

Nahm ich die Aufgabe ernst, für die Eugen mir 50000 DM garantiert hatte, so mußte ich nun auf die Suche nach irgend etwas gehen: Ich war praktisch allein, Schränke, Koffer und Taschen waren in meiner Reichweite und, soweit ich sehen konnte, unversperrt. Aber was sollte ich suchen und vor allem – wo sollte ich damit anfangen?

Da die dunkelhäutigen Mädchen zweifellos schon eingeweiht waren, hatte Jeremy keinen Grund, irgendwelche Unterlagen vor ihnen geheimzuhalten. Das sprach dafür, an den üblichen Orten zu suchen: In den Laden des neckischen kleinen Regency-Sekretärs, der an ein Fenster gerückt war, weil er in einem Schlafzimmer an sich nichts zu suchen hatte, oder in einem Aktenkoffer, einer Aktentasche und dergleichen. Die einzige Gefahr bestand darin, daß die schwarzen Kätzchen auf dem

Vorplatz, von der Morgenkühle geweckt, einen Blick von draußen hereinwarfen.

Ich bemühte mich daher, meine eigentliche Tätigkeit durch meinen Körper abzuschirmen: Blickten sie auf, so sahen sie meine blanke Kehrseite, was keine Katastrophe war. Die Vorhänge zuzuziehen wagte ich nicht, das damit verbundene Geräusch hätte einen der Männer wecken können.

Die Suche brachte zunächst zutage, daß überall Geld lag: Auf einer kleinen Kommode ebenso wie oben auf dem Sekretär, von einer großen getigerten Muschel beschwert, aber nicht verdeckt. Im Wandschrank, dessen Schwebetüren lautlos beiseite wichen, lag ein Diplomatenkoffer aus Krokoleder auf dem Boden unter den sorgfältig eingespannten Hosen. Ich ließ ihn an seinem Platz, kniete nieder und entdeckte ein Nummernschloß, das auf 628 stand. Siehe da, der Deckel hob sich, es war also nicht einmal die letzte Ziffer verstellt worden!

An sich konnte ich nicht viel tun; ich hatte keine Kamera, ich konnte nichts entwenden, ohne uns zu verraten, aber ich hatte endlich doch Glück: Meine wühlenden Hände stießen unter dicken Banknotenbündeln und Scheckheften auf etwas Glattes, nämlich eine Klarsicht-Hülle. Die zog ich behutsam heraus...

Es war, was ich erhofft hatte: Ein Grundrißplan, wobei die Mauern in drei Farben angelegt waren, vermutlich um die ältesten von den späteren Zu- und Umbauten zu unterscheiden. Das war zwar keiner jener legendären Pläne, auf denen die Schätze selbst eingezeichnet sind, aber da es nur Sinn hatte, in den ältesten Mauern zu suchen, war dieser doch eine wertvolle Hilfe.

Es gab keine Beschreibung, und wenn, so hätte ich sie in dem halbdunklen Schrank und in meiner ungeeigneten Position auch kaum lesen können. Aber es genügte wohl, sich den Plan einzuprägen, in einem guten Führer von Buckland-Abbey mußte sich ja auch ein Grundriß finden, wenn auch ohne Datierungen. Es gab einen relativ engen, beinahe quadratischen Kern-Raum, an den die anderen Mauern nur angesetzt waren. Das mußte der älteste Teil sein!

Ich hatte eben die Klarsichtfolie wieder zurückgeschoben und den Deckel behutsam geschlossen, als mich ein kaum wahrnehmbares Geräusch im Zimmer selbst herumfahren ließ: Melitta war erwacht, wie ich erleichtert feststellte, und schob sich vorsichtig zwischen den Männern ans Fußende.

»Ach, Heidemarie«, sagte sie, noch gar nicht ganz bei sich, »ich bringe die Augen kaum auf, und in meinem Kopf dreht sich alles. Helfen Sie mir ein wenig?«

Ich machte noch eine verzweifelte Anstrengung, mir die Farben der Grundrißzeichnung einzuprägen, dann ergriff ich meine Gefährtin beim Ellbogen und führte sie ins Bad. Gemeinsam in der Wanne sitzend, wurden wir nach und nach wieder zu Menschen und zu vernünftigen Wesen, wobei es mir ungleich besser ging als Melitta, weil ich ja bei meinem Whisky geblieben war, während sie schließlich alles in sich hineingeschüttet hatte, was in der Zimmerbar zu finden gewesen war.

»Das mußte ich tun«, gestand sie mir leise, »mir war auf einmal alles so zuwider, ich konnte diesen Jeremy nicht mehr sehen, und was der alles von mir wollte... Nein, erst der alte Archie, und nun dieser verrückte Millionär. Er flocht uns durcheinander, seine schwarzen Miezen und mich, und fiel dann über uns her, wo er gerade dran konnte...«

»Und Eugen?« fragte ich.

»Der war lieb, er robbte immer dorthin, wo er mein

Gesicht vermutete, küßte und tröstete mich und flüsterte mir die schönsten Versprechungen zu!«

Da Melitta noch kaum auf den Beinen stehen konnte, wusch ich sie gründlich, was sie so dankbar mit sich geschehen ließ wie ein kleines Mädchen. Dann hüllten wir uns in dicke Frotteemäntel, die uns freilich zu groß waren, und warfen uns in die Liegestühle, auf denen inzwischen die Morgensonne lag. Frische Luft half schließlich am besten gegen den Kater.

Beim gemeinsamen Frühstück auf dem Bungalow-Vorplatz ergaben sich dann freilich noch andere Methoden, mit den Geistern der Nacht fertig zu werden. Obwohl die Bar noch nicht geöffnet war, hatten die zwei schwarzen Schönheiten es fertig gebracht, Bloody Marys für alle heranzuschaffen. Dazu hatten wir Salziges in rauhen Mengen; die Töpfe mit dem feinen Bee-Honey aus allen Teilen des Britischen Weltreichs blieben an diesem Morgen unberührt.

Da es bei Jeremy Ephrusso keine Mahlzeit ohne geschäftliche Gespräche geben durfte, kam er bei der Morgenzigarette mit einem Vorschlag: Er kenne in Hilversum einen sehr tüchtigen Agenten, der heiße Menno Kohn:

»Das ist kein Verleger, aber er besorgt Ihnen Verleger, und zwar in allen Ländern... Ihre Idee mit dem verzauberten Britannien ist nämlich originell, andererseits wiederum nicht so sophisticated, da kann man noch mit. Wollen wir nicht einen Tag gemeinsam fotografieren, mit vier Modellen? Würde Sie das nicht reizen, Eugen, die alten kalten Steine und die heißen jungen Mädchen?«

Ich sah, wie der Baron blaß wurde, und auch mich beschlich der Verdacht, daß dies ein Test sein sollte. Hatten wir uns verraten? Hatte Eugen im Schlaf oder im Suff gesprochen, oder hatte Melitta etwas ausgeplaudert? Für mich selbst meinte ich bürgen zu können, ich schlafwandelte mitunter, aber dabei kam kein Wort über meine Lippen. Das hätte mir nämlich einer der vielen Männer, die meine Nächte kompliziert hatten, inzwischen wohl mitgeteilt.

»Wir... wir haben unsere Ausrüstung nicht dabei... Und dann, wohin soll's denn gehen? Es ist zehn Uhr, und wir sind auch theoretisch gar nicht vorbereitet!«

»Nun, ich denke, Sie sprachen von Stonehenge!« sagte Jeremy Ephrusso.

»Viel zu viele Menschen. Außerdem darf man dort an die eigentlichen Monumente gar nicht mehr heran. Da müßte man vorher um eine Sondererlaubnis einkommen!«

»Und die haben Sie nicht?«

»Die... die ist beantragt«, antwortete Eugen von der Eulenburg, und ich sah schon unser Inkognito platzen, als mir ein rettender Einfall kam: Ich hatte mich ja ein wenig auf Cornwall vorbereiten können, während der Überfahrt und in Canterbury.

»Ich weiß was!« sagte ich stolz wie eine Schülerin. »Es gibt da, allerdings ein gutes Stück weiter westlich, einen großen Dolmen, er soll ziemlich einsam liegen... da könnte man Gruppen stellen und wäre nicht gestört.«

Während Jeremy in einer seiner Landkartentaschen kramte, nahm Eugen mich beiseite, so gut dies beim Frühstück ging.

»Sind Sie von allen guten Geistern verlassen? Wir haben doch nur Amateur-Kameras mit, und überhaupt!«

Aber Jeremy rettete uns, ja seine Angeberei enthob uns aller Ausflüchte:

»Sie brauchen auch gar nicht in ihr Quartier zurück,

sofern Sie eine Windjacke im Wagen haben... Ich nehme immer mindestens zwei Kameras mit auf die Reise, eine für Schwarzweiß, die andere für Farbe, und ich habe alles drauf, was wir brauchen, Weitwinkel, Tele... Wir müssen nur noch den Ort finden!«

Den fand ich, während die Herren Toilette machten. Der Dolmen hieß Lanyon Quoit, was immer das bedeuten mochte, und lag nur vier Meilen nördlich von dem kleinen Hafenstädtchen Penzance auf einem flachen Höhenrücken, wenn man der Karte glauben durfte.

»Penzance... Penzance...«, wiederholte Jeremy nachdenklich, während wir uns zu sechst in seinen großen Volvo zwängten. Darauf hatte er bestanden, die Strecke sei zu lang, um hintereinander herzufahren, ohne plaudern zu können. »In Penzance, da wurde doch die *Association* geborgen!«

»Ein gesunkenes Schiff?« fragte ich harmlos.

»Klar, ein Schoner, 1707 vor der Küste von Cornwall gesunken. Froschmänner sind hinabgetaucht und haben ihn ausgeräumt, die geborgenen Stücke kann man jetzt in irgendeinem Haus besichtigen.«

»Scheint ein Hobby von Ihnen zu sein, Jeremy?« sagte Eugen, der nun Oberwasser bekam, da Ephrusso sich verraten hatte, aber ich wollte es, vor allem auf der engen und stark befahrenen Straße, nicht zu Auseinandersetzungen kommen lassen und las darum schnell aus dem Shell-Führer vor, daß Penzance weniger ein Piraten-, denn ein Schmugglernest gewesen sei, selbst die Bürgermeister hätten zeitweise arge Dinge verübt.

»Und das noch 1769!« betonte ich. »Und dabei war Penzance dann, wenn hier alles richtig steht, das erste Seebad von Cornwall. Eine ganz unterhaltsame Mischung..., aber wir fahren ja nur durch, wir wollen ja ins Hinterland, also vergessen Sie Schmuggler und Bürgermeister und lassen Sie die 165 PS sprechen, Jeremy!«

»Es sind zwar nur einhundertundsechsundfünfzig«, berichtigte Ephrusso, »aber ich werde mir nichts nachsagen lassen!«

Der schwere Wagen, immerhin mit sechs Personen besetzt, flog auf der A 30 dahin, nach Westen zuerst, dann nach Südwesten, und weil der gute Jeremy im Rausch seiner Fahrkünste das Tempo auch dann nicht verminderte, wenn es durch Ortschaften ging, passierte schon in dem Städtchen mit dem seltsamen Namen Indian Queens das Unvermeidliche: Der Volvo prallte in einem der zahllosen Kreisverkehre dieser in diese Kreuzungsart verliebten Insel auf einen gelben, klapprigen Hillman, bevor er zum Stehen kam. Die eindrucksvollen Stoßfänger des 760 GLE hatten den leichten britischen Wagen nicht vor sich hergeschoben, sondern ihm einen so harten Stoß versetzt, daß er auf der Kreuzung auseinanderfiel, ganz so, wie man es in gewissen Zirkusnummern sehen kann.

Die Insassen saßen mit ihren dünnen und billigen Vordersitzen auf einmal ohne Fahrgestell da, auf der britischen Erde, ein Bild, über das man hätte lachen können, wäre es nicht so rührend gewesen. Sie wollten nämlich offenbar zu den nahen Stränden fahren, wohl nach Newquay Bay: ein junges Ehepaar mit einem kleinen Kind. Und während der Mann, der nun erbost auf die Straße sprang, immerhin Leinenshorts trug, war seine Frau im wesentlichen mit ihrem Baby bekleidet, das sie an der Brust gehabt hatte.

Während Ephrusso mit dem Fahrer verhandelte und dabei so viele große Pfundnoten aus der Tasche zog, daß der Mann von Sekunde zu Sekunde glücklicher lächelte, stand die schöne junge Frau in ihrem Miniatur-Bikini mit dem Kind an der Brust wie eine Göttin der Fruchtbarkeit am Rand des Kreisverkehrs und schien noch gar nicht zu begreifen, daß sie den großen Glückstag ihres Lebens einem Unfall zu verdanken hatte.

»Die sollte man mitnehmen, als Mittelpunkt-Motiv mit dem Kind und ihren schweren Brüsten«, sagte Jeremy, als er einstieg, die Brieftasche verstaute und sogleich wieder mit hohem Tempo losschoß.

»Und sie sieht seltsamer Weise tatsächlich aus wie eine Indianerin«, ergänzte ich, noch immer mit dem merkwürdigen Namen der Ortschaft beschäftigt. »Ein auffallend exotischer Typus hier im alten keltischen Cornwall!«

Wir zweigten dann nach Penzance ab, auf ruhigeren Höhenstraßen mit zuletzt herrlichen Ausblicken aufs Meer. Die zwei Mulattinnen erwachten, als sich wieder die See vor uns breitete, mit der hübschen Promenade der kleinen und angenehmen Pensionistenstadt.

»Hier ssain Smuggler?« wollte Kanga wissen.

»Gewesen, Schönste, gewesen!« stellte Jeremy fest. »Sonst hätte ich es nicht wagen können, euch zwei Hübschen hierher zu bringen. Wollen mal sehen, wo es hier etwas zu essen gibt!«

»Ay, eesseen!« machte Zeyla und rollte die Augen. Sie waren wie Kinder oder wie große Katzen. Ich konnte mir vorstellen, daß ein Mann auf diese Weise Selbstmord begehen konnte, mit diesen lasziven Geschöpfen, die in einem gewissen Bereich alles, aber auch alles für ihn taten, bis in irgendeinem dieser lustvollsten Augenblicke dann sein Leben entschwand.

Es sah auf den ersten Blick ganz gut aus, das *Queens* sehr ansehnlich, das *Trevaylor* in einer wunderbaren

Lage und sichtlich frei von allen Verkehrsgeräuschen und -dünsten. Aber dort bekochte man nur die Hotelgäste, und als ich sah, welcher Art diese waren, wurde mir auch klar, daß man uns bei der Zusammensetzung unserer Gesellschaft keinen Tisch gegeben hätte. Schließlich fanden wir, zum Leidwesen der braunen Mädchen nicht am Meer, sondern landeinwärts gelegen, einen angenehmen Lunch-Tisch an der B 3315, in Newlyn. Das Hotel hieß *Higher Faugan*, was sich niemand von uns zu deuten wußte, aber es lag prächtig in einem eigenen Park, und man hatte statt der steifen britischen Restaurantsitten den hervorragenden Einfall gehabt, uns ein Pauschale abzunehmen, nach dessen Bezahlung wir uns dann an einem einzigartigen Buffet gütlich tun konnten. Hier, zwei Meilen vom Meer und ein paar Flugminuten vom Gemüseparadies der Scilly-Inseln, waren paradiesische Zurichtungen möglich, das Buffet stellte alles in den Schatten, was ich beim Club Mediterrannée erlebt hatte, Bora Bora ausgenommen (dort war ich nämlich noch nicht).

Zeyla und Kanga hüpften herum wie braune Tennisbälle, und sie verschafften uns insofern Platz am Buffet, als sich die übrigen Gäste alsbald verdutzt an ihren Tischen niederließen und nur noch den beiden zusahen. Dabei waren sie an diesem Morgen für ihre Verhältnisse verschwenderisch bekleidet: zwar wieder im Sister-Look, aber diesmal in marineblauen Boxerhosen mit gelben T-Shirts, und ich muß gestehen, es war ein Vergnügen der sublimsten Art, diese Schenkel in Bewegung und die Brüste hüpfen zu sehen. Die Augen der zwei glänzten dabei in jener kindlichen Gier, die sich von einem Augenblick zum andern in Grausamkeit verwandeln kann.

Um die Hände für die Getränke frei zu haben, stellte

eine jede ihren gefüllten Teller auf den Turban und balancierte ihn tänzelnd durch das ganze Lokal bis zu unserem Ecktisch; es war eine Zirkusnummer, die in den Film vom großen Fressen hineingepaßt hätte (nur daß man aus Andréa Ferreol eben zwei solcher braunen Hexen hätte machen können).

Nach dem Kaffee ging's dann entschlossen landeinwärts, auf die Suche nach dem Lanyon Quoit, von dem wir inzwischen, und zwar schon in Penzance, Ansichtskarten gesehen hatten und nun wenigstens wußten, nach was für einem absurden Bauwerk wir suchten. Wir durchquerten Madron, ein Dorf, in dem keine Menschenseele am Leben zu sein schien, und waren unterhalb einer Böschung mit Stacheldrahtzäunen schon an dem großem Dolmen vorbeigebraust, als Jeremy ihn plötzlich im Rückspiegel entdeckte. Nun wußten wir also, wie gut die Briten ihre vorgeschichtlichen Denkmäler versteckten – als ob jemand diese Grabkammer-Reste, mehr als viertausend Jahre alt, noch wegtragen würde!

Es wurde eine fröhliche Veranstaltung. Das Rätsel der Großsteinbauten rührte selbst die zwei Mulattinnen an; irgendwie begriffen sie, daß wir uns hier in einem heiligen Bezirk befanden. Sie lauschten aufmerksam, als ich ihnen aus dem Führer erklärte, hier sei ein Fürst bestattet gewesen, der etwa tausend Jahre vor Ramses dem Ägypter gelebt habe (Ramses nämlich kannten sie, das hatte ich schon festgestellt).

»Bis 1815 konnte man unter der Grabdecke hindurchschreiten«, las ich vor, »dann aber kam ein gewaltiger Sturm, und der klobige Bau stürzte zusammen. Neun Jahre später richtete man ihn wieder auf, so wie er heute ist!«

Die schwere, riesige Deckplatte war das imposanteste Stück, aber sie schuf die Probleme für die Aufnahmen, denn sie machte natürlich viel Schatten. Also warteten wir noch ein Weilchen, bis die Sonnenstrahlen etwas schräger einfielen. Wir versäumten ja nichts, und das gute Buffet im *Higher Faugan* hatte uns ohnedies müde gemacht. Dann, nach drei Uhr, lag der Fuß der Stützfelsen in der Sonne, sie stand über dem Cape Cornwall, es war eine unvergeßliche, ja eine beinahe magische Stunde. Daß wir hier vor diesen Uralt-Steinen nicht in Kleidern des Zwanzigsten Jahrhunderts posieren konnten, war uns allen klar.

»Ganz nackt würde am wenigsten verderben«, sagte Ephrusso und umhüllte zum erstenmal auch mich mit seinen begehrlichen Blicken. »Bei magischen Handlungen war die Nacktheit stets das oberste Gebot... bis heute, zum Beispiel bei Taufen. Als ein entfernter Verwandter von mir, ein Rothschild, heiratete und die Braut zum jüdischen Glauben übertrat, mußte sie für das Tauf-Bad sogar einen kleinen Verband vom Fußknöchel entfernen.«

»Echauffieren Sie sich nicht, Jeremy«, beruhigte ihn Eugen mit schöner Nonchalance. »Sie kriegen Ihre Aktfotos. Aber ich könnte mir auch irgendeine Form archaischer Bekleidung vorstellen. Wir hätten an Lammfelle denken sollen!«

»Hat der Volvo keine Schonbezüge?« warf ich ein.

»Klar doch, sie gefallen mir ohnedies nicht mehr. Da müssen ganz andere Felle hin!« entschied Jeremy, »Zebra zum Beispiel!«

Mit zwei schnellen Handbewegungen waren die Lammfelle, feine, echte Felle von seidigem Glanz, von den Sitzen genommen. Dank der Gummibänder, die man an uns freilich nicht sehen durfte, war alles weitere ziemlich einfach. Zwar genierten sich sowohl Melitta als auch ich, als wir auf freiem Feld, unter dem hohen Himmel Cornwalls, völlig nackt im Wind standen, andererseits aber hatten alle Beteiligten längst im Detail genossen, was wir ihnen nun boten. Der Wind von Lands-End pfiff kühl heran, und über der Bay von Saint Ives stiegen Wolken auf, aber wir waren in Stimmung und blieben es, und auf einmal fand ich den Gedanken mit dem archaischen Bildband gar nicht mehr so absurd. Die Landschaft war großartig und malerisch zugleich, und der Lanyon Quoit war schließlich ein Requisit, wie es nicht jeder Fotograf zur Hand hatte.

Also posierten wir erst nackt, den Rücken an den rauhen Stein gelehnt, wie Feldgöttinnen oder wie Hexen. Die schönen schwarzen Schwestern erfanden eine tolle Pose, indem von jeder Seite her eine den Stützfelsen umfing, als wolle sie ihn zärtlich umarmen. Man konnte gar nicht anders, man mußte an einen verruchten Kult aus alten Zeiten denken.

Zwischendurch machten wir Juxaufnahmen für Illustrierte, indem wir zwei Weißen uns zusammenstellten und Kanga auf unsere Schultern kletterte, um auf den Riesendeckel hinaufzugelangen. Auf dem lag sie dann blinkend-böse wie ein schwarzer Panther, und zum Schluß kamen dann die Lammfelle. Ja, Eugen hatte sogar aus trockenem Gras eine Feuerstelle zusammengekratzt, und zwischen unseren Schenkeln stieg der Rauch wie über einer Opfergabe auf und hüllte den schweigenden Lanyon Quoit ein.

»Sie haben sich ganz gut gehalten, Eugen«, sagte Ephrusso auf der Rückreise. »Ich glaube jetzt beinahe, daß sie wirklich einen Bildband machen wollen, wenn auch vielleicht erst seit den Posen vor dem Lanyon Quoit. Wir setzen euch auf Uylenburgh-Castle ab, kommen aber nicht mit hinein. Sie entschuldigen uns bitte bei Lady Anne!«

Was wußte er? Wann hatten wir uns verraten? Und hatten wir uns tatsächlich verraten?

Eugen tat das einzig Richtige: Er schlief auf der Rückfahrt ein und erwachte erst vor dem Gitter von Uylenburgh-Castle. Ich aber, ich wagte Jeremy Ephrusso nicht in die Augen zu sehen, als wir uns bei ihm für den Ausflug bedankten.

Die schönen Wasserschlangen von Buckland-Abbey

Es war noch nicht sehr spät, als wir auf Uylenburgh-Castle eintrafen, und der scharfe Wind auf den Höhen von Lanyon-Farm hatte uns alle hungrig gemacht. Da ich kräftig eingekauft und meine Brieftasche nicht geschont hatte – 50000 DM wollten schließlich unter die Leute gebracht sein –, empfing uns Lady Anne mit der größten Freundlichkeit, wozu sich in den Begrüßungsworten des alten Archie sogar noch ein sanfter Vorwurf gesellte: man habe sich in der kurzen Zeit schon so sehr an uns gewöhnt, daß der abgelaufene Tag buchstäblich endlos gewesen sei und sich nicht so bald wiederholen dürfe.

Eugen, durch echten und vorgeblichen Autoschlaf erfrischt, flüsterte mir zu, diese Stimmung sei ein Geschenk des Himmels: man werde den Earl nun endlich voll einweihen können, was freilich eine gewisse Beteiligung zur Folge haben müsse. Da er, der schöne Eugen, sich in dieser Zeit Lady Anne und Fairchild widmen müsse, bleibe nichts anderes übrig, als daß Melitta und ich den alten Herrn zu der völlig ungefährlichen Schandtat einer zeitweisen Schleusenöffnung überredeten – mit welchen Mitteln immer.

Ich hasse solche Aufträge, sie waren und sind meine einzige Berührung mit der Prostitution. Gewiß, ich habe nach so mancher Liebesnacht dann überschwengliche

Gegengaben erhalten, von den Kosmetiksalons meiner Anfänge bis zu den großen japanischen Legaten, von denen ich am Gardasee und am Mondsee Heimstätten für mein ruheloses Ich erbauen konnte. Aber vorher zu wissen, daß man zu einem Mann, den man nicht liebte, ja, den man ein wenig lächerlich fand, dann sehr sehr nett sein und ihm nur sehr wenig verweigern würde, das ging mir – man entschuldige das ominöse Wort – doch ganz erheblich gegen den Strich.

»Gibt es keine andere Möglichkeit?« fragte ich darum. »Ich meine, der Earl hat mir nie Avancen gemacht, mein Einsatz an seiner Seite würde peinlich bis aufdringlich wirken!«

»Dann muß er eben beim Dinner oder nachher angeheizt werden, daß muß einer Frau wie Ihnen doch möglich sein!«

»Nicht, wenn Melitta da ist, sie ist zehn Jahre jünger und körperlich entschieden sein Typ.«

Eugen überlegte, erwies sich also als Mann, mit dem man reden konnte, und die sind gar nicht so häufig.

»Dann muß es anders laufen... Wir spielen nach dem Dinner Bridge, die Lady, Fairchild, Sie und ich. Melitta und der Earl werden sich in den Park empfehlen und dann wohl in dem kleinen Pavillon zwischen den Rabatten landen. Dort überraschen Sie die beiden wie zufällig und auf die charmanteste Art. Archie in seinem schlechten Gewissen wird zu allem bereit sein!«

»Und wer macht den Vierten beim Bridge, wenn ich im Pavillon intrigiere?«

»Uncle Joshua. Bis dahin hat er abgeräumt und die Drinks serviert. Er ist also frei, und Lady Anne spielt ohnedies gerne mit ihm als Partner, weil die beiden seit langem eine Geheimsprache beim Lizitieren haben.«

Nach dem Abendessen setzten wir uns also zu einem

Bridge, bei dem ich nicht ohne Herzklopfen mit Lady Anne spielte und Eugen mit der schönen Fairchild als Partnerin. Melitta, die nur sehr allgemeine Direktiven erhalten hatte, trollte sich am Arm des Earl nach einem verzweifelt-hilfesuchenden Blick, so daß ich ihr doch schnell noch zuflüsterte, auf den Gartenpavillon zuzuhalten: Dort würde ich irgendwann auftauchen, um ihr das Schlimmste zu ersparen. Was für Melitta das Schlimmste war, wußte ich allerdings nicht. Bei so jungen und reinlichkeitsbesessenen Wesen wie sie eines war, konnten es zum Beispiel seine Küsse sein, während ihr die Aktivitäten in den unteren Bereichen vielleicht weniger schlimm erschienen.

Ich hatte mein Bridge im Salzkammergut erlernt, wo man das alte Plafondbridge bevorzugte, wie es 1930 gespielt worden war, als meine Partner und Partnerinnen – Gräfinnen, Baroninnen, ihre noch älteren Gatten und höchstens hin und wieder ein gut gekleideter Bürgerlicher – noch jung und knusprig gewesen waren und Wien eine Stadt mit einem echten Kulturleben. Seither hatten sich beide entwickelt, die Stadt Wien und das Kartenspiel Bridge, aber ich vertraute auf die Grundregeln, schließlich mußte man noch immer seine Stiche machen, um zu gewinnen, und die Anzahl der Karten hatte sich auch nicht verändert. Das Problem war Lady Anne, denn mit niemandem sind alte Ladys unduldsamer als mit jüngeren Bridgepartnerinnen.

Ich hatte Glück; es begann gleich damit, daß ich mein Blatt auf den Tisch legen und damit nicht nur Zeit gewinnen, sondern die Spielgewohnheiten von Lady Anne studieren konnte. Danach kam ein großes Blatt des Barons von der Eulenburg, da konnte ich auch nichts verderben, ich kam überhaupt nicht zum Ausspielen.

Dann aber hatte ich eine traumhafte Pique-Staffel, lükkenlos von oben bis zur Zehn, mit ausreichendem Beiblatt, und wie der Zufall so spielt: Lady Anne hatte eine ähnlich schöne Situation mit Herz. Da Pique die höhere Farbe ist, ging das Spiel an mich, und sie mußte ihr Blatt auf den Tisch legen und stumm bleiben – sie durfte nicht einmal durch anregendes Antippen einer Karte zeigen, was sie spielen würde. Bei zwei so langen Farben war der Sieg kein Problem, aber die Lady fühlte sich gedemütigt und war überzeugt, sie hätte einen Überstich herausgeholt.

Wie die meisten Frauen, hänge ich nicht allzusehr am Spielerfolg. Diese Neigung stellt sich ja meist erst dann ein, wenn die anderen Erfolge – jene, für die Frauen im allgemeinen auf die Welt kommen – spärlicher geworden sind. Also steckte ich auch den angedeuteten Tadel ohne Harm weg und wurde erst sauer, als Lady Anne den Baron in die Küche schickte, um nachzusehen, ob Uncle Joshua nicht endlich mit dem Abtrocknen fertig sei.

»Vielleicht, Lady Anne, darf ich abtrocknen«, schlug ich vor, »das ist für meine Schienbeine weit weniger strapaziös als Ihre Unter-Tisch-Signale, vor allem, da ich sie nicht verstehe. In Österreich spielt man Bridge nämlich auf dem Tisch, nicht darunter!«

Sprach's und rauschte hinaus, packte Uncle Joshua just in dem Augenblick am Kragen, da er unter den kurzen Röcken des Küchenmädchens verschwinden wollte, und schickte ihn zu seiner Herrin. Damit war ich frei, war auch in der richtigen Stimmung für Old Archie und machte mich auf die Suche nach dem Pavillon.

Er lag sehr hübsch im Mondlicht, zwischen den hohen englischen Hecken gut versteckt und windgeschützt. Hinter den Vorhängen erriet man ein paar sanfte Glühbirnen, die nichts verdarben.

Ich war, wie gesagt, mit meiner Rolle an diesem Abend keineswegs glücklich. In dem Augenblick, da ich die Klinke zu jenem charmanten Retiro in der Hand hatte, wünschte ich mich sogar in die feuchten Keller von Buckland-Abbey, weil mir vor dem, was ich sehen würde, mehr mies war als vor einer echten Gefahr und einem zielbewußten Einsatz. Andererseits wußte ich aus einigen Quartett- und Sextett-Partys, daß die Damen stets zirkulieren durften, nur die Herren mußten aufeinander Rücksicht nehmen und in den zugewiesenen Räumen bleiben.

Also drückte ich die Klinke, die Tür gab nach, und schummeriges Rokoko umfing mich, dazu Rattan gepolstert und ein niedliches Tischchen mit Glasplatte, unter der eine feine Stickarbeit bunt glänzte. Wo aber war Melitta? Hatte der Earl sie um die Ecke gebracht, buchstäblich, nicht bildlich, und es gab noch einen verborgenen Alkoven?

Es gab nichts dergleichen: Im Hintergrund des kleinen Baues stand ein Fenster offen, und in dem Lichtschein, der hinaus auf einen kleinen, traulich von Rosenbüschen umgebenen Rasenplatz fiel, sah ich das gesuchte Paar in einer eher anmutigen als beklemmenden Pose: Archie March, der Neunte Earl von Uylenburgh, kniete vor dem Fräulein Straubinger, das die Augen niedergeschlagen und außer roten Pantoffeln nichts auf dem Leib hatte. Was er vorhatte, wurde mir erst nach einer Weile klar: Er war bemüht, der im schwachen Licht milchweiß leuchtenden Schönheit einen Schurz aus Blättern und Blüten zu winden, was überall im Park leichter gewesen wäre als hier, wo die beiden ausschließlich von Rosensträuchern umgeben waren.

Old Archie in seiner Verzückung schien zwar die kleinen Stiche nicht zu spüren, die ihm die Dornen verabreichten, als er die Rosenblüten brach, wohl aber verspürte Melitta, wenn die gewundenen Ranken die zarte Haut ihres Unterleibs berührten, zumindest ein unangenehmes Kratzen und gelegentlich wohl auch den Dornenstich.

Ich machte Melitta, die mir mit tränennassen Augen entgegenstarrte, ein beruhigendes Zeichen, entfernte mich schnell, aber lautlos und riß an der Vorderseite des Pavillons ziemlich brüsk eine Menge Efeu ab. Damit trat ich dann hinter den Earl und reichte ihm wortlos das weiche und dornenlose Grün. Er nahm es erfreut und dankbar, sah sich zunächst auch gar nicht um, sondern bekränzte seine Melitta weiter, bis sie tatsächlich wie eine junge und etwas üppige Bacchantin aussah. Erst dann wandte er sich mir zu.

»Heidemarie!« rief er leise. »Das hätte ich niemals zu hoffen gewagt... Bleiben Sie, es geschieht nichts, dem Sie nicht beiwohnen dürften!«

Melitta lächelte erlöst, entfernte mit spitzen Fingern die Rosenstiele und schritt vor uns her zurück in den kleinen Pavillon. Hier, im Licht, sah man nun freilich, daß sie schon eine Weile geschunden worden war, wenn man die Piecksereien mit einem so harten Wort bezeichnen will. Ihre makellose weiße Haut hatte an vielen Stellen kleine Verletzungen, auch an den Brüsten, und ich drohte Archie mit den Fingern: Leidenschaft entschuldige Vieles, keinesfalls aber etwas, das nur dem einen Partner etwas bringe.

Der Earl senkte beschämt den Kopf, eilte zu der in einer Kommode versteckten Bar und mixte uns erstaunlich geschickt einen erfrischend herben Martini auf der Basis von Noilly-Prat und Gordons dry Gin. Das war zwar nicht sehr originell, aber es war merkwürdigerweise genau das, was ich nach dem Bridge brauchte und

Melitta nach dem Dornen-Spiel. Erlöst aus ihrer Alleinunterhalter-Rolle wurde sie fröhlich, sie gefiel sich in den Efeuranken und entwickelte einen so süßen, im besten Sinn mädchenhaften Humor, daß der Earl schließlich arg in Fahrt geriet und auf ihr herumzuküssen begann.

Ich witterte meine Chance und versuchte, ihn durch ein Gespräch zu stören, das etwa so verlief:

»Sie wissen, Archie, was wir vorhaben?«

»Natürlich weiß ich das, ich bin doch kein Trottel.«

»Und Sie werden uns dabei ein wenig helfen?«

»Ein wenig, ja. Nach Tavistock gehe ich aber nicht, da kennt mich jeder, und nach Buckland-Abbey schon gar nicht.«

»Und wenn Sie nun etwas tun könnten, bei dem Sie auf Ihrem eigenen Grund und Boden bleiben?«

Nun wurde Archie endlich ungeduldig.

»Heidemarie«, flötete er, »liebste Heidemarie. Der Furor eines alten Galans ist das Kostbarste, was es gibt, und so heikel wie ein Soufflé. Ich flehe Sie an: sagen Sie, was Sie wollen, es ist im voraus genehmigt, und dann, Liebste, Beste, dann bitte kehren Sie zum Bridge zurück...!«

»Sie brauchen nur zwei Schleusen zu öffnen, Archie; Eugen wird sie Ihnen bezeichnen, Schleusen, die Buckland-Abbey für ein paar Stunden trocken legen, oder doch beinahe...«

»Aber das Wasser rinnt in den Dart... Das gibt Hochwasser im Unterlauf!«

»Es gibt einen höheren Wasserstand, nicht mehr... Versprechen Sie's uns?«

»Es müßte bei Tag sein, damit auf dem Sharpham Ho niemand in Gefahr gerät, dort macht der Dart eine böse Schlinge...!«

Es war ein braver und fürsorglicher Gutsherr, der alte

Earl, selbst wenn er Melittas glatten Schoß unter seinen Lippen hatte, das mußte man ihm lassen. Ich dankte ihm, aber er hörte mich gar nicht mehr – wie sollte er auch!

Ich aber hatte wieder einmal eine jener Nächte, in denen ich mich fragte, ob ein abenteuerliches Leben wirklich die ideale Lösung für ein Frauendasein war. Ich wünschte mir Kinder und ein Heim, nur als ich dann versuchte, mir vorzustellen, wie der dazugehörige Mann und Vater aussehen sollte, da geriet alles wieder ins Rutschen, und ich bemühte mich schnell um einen anderen Traum.

Da wir annehmen mußten, daß Jeremy Ephrusso über unsere Absichten im Bilde sei, war Eile geboten. Bei einem höchst manierlichen Besichtigungsgang in Buckland-Abbey hatten wir nicht nur einen Spezialführer erworben, sondern unauffällig auch die in Frage kommenden Mauern inspiziert. In die eigentlichen Keller ließ man uns nicht, die seien um diese Jahreszeit überschwemmt und enthielten überdies nichts irgendwie Interessantes. Wenn die Guten wüßten!

Da wir auf Uylenburgh nicht wirklich unbeobachtet waren, investierten wir eine halbe Autostunde und fuhren an den Rand des Brent Moors, wo wir dem schicksalhaften Ryders Hill wieder nahe waren und ich diesmal ohne Fährnisse die Moorlandschaft mit ihrer einzigartigen Pflanzenwelt und der großen Stille genießen konnte.

Wenn die Pläne genau waren, dann hatte praktisch nur eine einzige der alten Wände jene Dicke, die für die Aufnahme eines Kastens oder einer Truhe erforderlich war. Denn kleine, druckfeste Tresore, wie man sie heute in die Mauern einläßt, konnte man im sechzehnten Jahrhundert noch nicht herstelllen.

»Wir dürfen annehmen«, sagte Eugen, »daß die Mauern selbst unter der Jahrhunderte anhaltenden Feuchtigkeit erheblich gelitten haben. Es kann nicht sehr schwer sein, mit dem Mauerbohrer so weit hineinzukommen, wie nötig ist, um festzustellen, ob man es mit Mauerwerk zu tun hat oder mit etwas anderem.«

»Aber wir haben, wenn man beide Seiten nimmt, schätzungsweise achtzig Quadratmeter Mauer zu testen«, gab ich zu bedenken.

»Nur sind es eben nicht beide Seiten. Ein eingelassener Kasten oder ein anderer Behälter muß von jeder Seite erkennbar sein, an der Beschaffenheit der Mauer und an der Tiefe. Dort, wo etwas eingemauert wurde, ist sie doch nicht so zusammengesetzt wie die übrigen Flächen!«

»Bleiben also vierzig Quadratmeter«, sagte ich, »die in Abständen von etwa einem Meter zumindest kurz angebohrt werden müssen, das kostet Zeit...«

»Und Strom!« ergänzte Melitta. »Eugen hat mit mir in Bayern, also ehe wir nach England aufbrachen, einen Kurzlehrgang im Schnellbohren gemacht, und wir haben feine Spezialmaschinen, mit denen wir vermutlich schnell weiterkommen – wenn uns niemand stört!«

»Die Besuchszeit ist um 16 Uhr zu Ende, wer soll uns danach noch stören?« meinte der Baron. »Es gibt einen gemeinsamen Hausmeister für Buckland-Abbey und Buckland-Monachorum; die beiden Komplexe liegen aber sechzehnhundert Meter auseinander, so daß der Hausmeister, wenn er patrouilliert, stets mindestens 40 bis 50 Minuten von der Abtei entfernt ist. Melitta und ich bohren, Heidemarie sitzt in der großen Zehntenscheune hinter der Abtei und paßt auf, daß keiner kommt. Mit dem Sprechfunkgerät können Sie ja umgehen, Heidemarie?«

»Ich denke schon, nur ob es in einen Keller hinein funktioniert, ist fraglich. Mein Autoradio setzt immer aus, wenn ich in die Tiefgarage fahre!«

Damit hatte ich Eugen nun gekränkt: Daran habe er selbstverständlich gedacht, und im Weltraumzeitalter seien diese Schwierigkeiten mit Glanz überwunden, ich solle nur die Augen offenhalten: Die kleine Gefahr sei der alte Hausmeister, die große jedoch Jeremy mit seinen Helferinnen.

Nach all dem bleibt nicht mehr viel zu sagen, der Rest ist die reine Mystery-Crime-Story, und da ich sie ja wie stets in der ersten Person erzähle, wissen meine lieben Leser, daß zumindest ich überlebt habe. Aber es war aufregend genug...

Die Stunde, in der die letzten Besucher die Abtei verlassen hatten, war für uns die gegebene Tatzeit, da wir dem Earl ja versprochen hatten, daß die Wasserlawine bei Tageslicht zum Dart hinunterfließen würde. Jeremy hatte keine Veranlassung, auf solche Überlegungen Rücksicht zu nehmen. Seine Katzen waren schwarz, und seine Arbeitszeit die Nacht.

Dies ist heute, da ich auf diese ereignisreichen Stunden zurückblicke, für mich durchaus klar und logisch. Eugen, Melitta und ich waren aber so sehr auf unsere Tätigkeit im letzten Nachmittagslicht konzentriert, daß uns auch das Nächstliegende nicht klar wurde. Nur hatten wir einen superben Entschuldigungsgrund: Wir hatten schon nach einer einzigen Stunde des Suchens, nach dem dreizehnten Bohrloch, den ersehnten Erfolg! Melitta löste mich auf meinem Beobachtungsposten ab, und ich sprengte mit Eugen die eisernen Bänder um ein nasses Teakholzkästchen von etwa vierzig mal fünfzig Zentimetern Bodenfläche und gut fünfundzwanzig Zentimetern Höhe.

Es war wegen seines Gewichts etwas überraschend aus der Mauer geplumpst, in das kniehohe Wasser, das nach dem Abfließen der Hauptmenge noch zurückgeblieben war. Wir fanden jedoch zwei Sägeböcke aus Holz, auf die wir mit vereinten Kräften das verheißungsvolle Ding hoben, um ihm dann energisch zu Leibe zu gehen.

Als der Deckel aufsprang, stank es zunächst ziemlich moderig, denn die große Tierhaut, in die alles eingeschlagen war, bestand nur noch aus glitschigen Fetzen.

Eugen bezwang seinen Ekel, schob die Hülle oder was von ihr noch vorhanden war beiseite und stieß dann einen leisen Ruf der Begeisterung aus: Es blinkte zwar nicht gerade von Karfunkelstein, aber auch der matte Glanz wohlgeprägter Goldstücke hatte durchaus etwas Begeisterndes. Es waren – was wir natürlich erst später erfuhren – in erster Linie Sovereigns, also Englands alte Goldmünze, dazwischen aber auch Guineas, die erst 1663 eingeführt wurden, so daß der Schatz also nicht während des Bürgerkriegs, sondern erst später versteckt worden sein konnte. Dazu gab es eine ganze Menge jener spanischen Goldmünzen, die kurz Real hießen und aus denen Drakes Beute so oft bestanden hatte.

Wir hatten beide die Hände noch in dem unsäglichen kalten Metall, das dreihundert Jahre lang in einer durchfeuchteten Mauer geruht hatte, als auf einmal das Wasser zu steigen begann.

»Keine Panik!« sagte Eugen. »Das bedeutet nichts anderes, als daß es draußen dunkel ist und der alte Archie in die Hosen macht, weil vielleicht irgendwo ein Hund ersaufen könnte. Für uns ist das ideal. Keiner sieht uns. Den schweren Kasten lassen wir stehen. Hier sind feste Geldsäcke, Marke *Österreichische Nationalbank*, da schaufeln wir diese Herrlichkeiten jetzt hinein, in aller Ruhe.

Ein wenig naß zu werden, schadet uns nicht, zumindest nicht im August!«

Für das, was da vor uns lag, hätte ich eine beiderseitige Lungenentzündung riskiert, warum also nicht einen nassen Kittel! Das Wasser gluckerte aus den Mauerritzen, irgendein Grundwassersee in der nächsten Nähe mußte mit dem Keller kommunizieren. Die Münzen ließen sich mit nassen Händen noch schlechter anfassen als schon vorher, aber unsere Säcke füllten sich.

Wir waren noch nicht auf den Grund des Kastens gelangt, wo noch etwa vierzig oder fünfzig Goldduros in Lederresten und Schlamm festklebten, als ich an meinen Füßen eine seltsame Bewegung fühlte, so als ob etwas vorbeischwimmen würde.

»Wären wir im Meer«, sagte ich, ohne meine Arbeit zu unterbrechen, »dann würde ich mich jetzt fürchten... Es fühlte sich ganz genauso an wie ein großer Fisch!«

»Oder eine Seeschlange!« antwortete Eugen. »Nur jetzt nicht spinnen, noch zehn Minuten Konzentration, und alles ist überstanden!«

Aber genau das war uns nicht gegönnt. Ich fühlte abermals diese erschreckende Nähe von einem glatten, gleitenden Körper. Das Wasser reichte mir inzwischen bis an die Hüften, es bildete eine leise schwankende schwarze Fläche, auf der unsichere Reflexe spielten, weil wir ja das Licht aus unseren Windlampen nicht entbehren konnten. Und dann schrie ich in maßlosem Schrekken auf: Das unterseeische Biest hatte zugegriffen und riß mich um, mit einer Kraft, als sei ich nichts – und ich war ja auch nichts, nur eine halbe Portion, durch den Auftrieb, man denkt eben nicht immer an die brave Physik.

Gurgelnd schlug das Wasser über mir zusammen, aber selbst das hatte, nach dem ersten Schrecken, sein

Gutes: Nun war ich in der gleichen Lage wie meine unsichtbare Gegnerin. Daß ich es mit einer Frau zu tun hatte, das war mir sogleich klar, als ich Brüste in meinen Händen fühlte. Es wäre ein zu merkwürdiger Zufall gewesen, hätte sich eine junge Engländerin so seltsamen Tauchsport geleistet. Wir hatten es, soviel stand fest, mit Kanga und Zeyla zu tun und, im Hintergrund, mit Jeremy Ephrusso. Das war in gewissem Sinn beruhigend, denn zumindest er würde einen Mord kaum in Kauf nehmen. Also kämpfte ich ohne Angst, mit einem eher sportlichen Ehrgeiz gegen eine unsichtbare junge Frau, die allerdings einen großen Vorteil hatte: Sie war nackt und hatte ihren Körper mit Öl eingerieben, so daß ich sie nie richtig zu fassen bekam.

Es war wie verhext. Ich hatte die beiden schließlich stundenlang nackt gesehen, aber es gelang mir nicht, mich zu erinnern, ob sie Schamhaare trugen oder nicht, vielleicht, weil das bei dunkelhäutigen Mädchen nicht so auffällt wie bei einer Weißen. Meine einzige Chance war der Kopf, denn auch in kurzen Kräuselhaaren mußte ich zupacken können, und so kreisten wir also, hin und wieder nach Luft schnappend, umeinander herum wie tanzende Piranhas.

Ich unterlag erst, als die andere der schwarzen Schlangen den Baron gefällt hatte und damit frei war, sich ebenfalls mir zuzuwenden. Nun hatte ich keine Chance mehr. Ich wurde unter Wasser gezogen und festgehalten, so daß ich mein letzten Stündlein schon gekommen sah und endlich, nach einer viel zu langen Angst und Qual, das Bewußtsein verlor.

Ich erwachte von einem sehr heißen Dusch-Strahl, den die zwei lachenden und schwatzenden Mulattinnen auf mich richteten, und als ich deutlichere Lebenszeichen gab, schrien sie vor Begeisterung und drehten das inzwischen sehr heiß gewordene Gebläse endlich ab. Sie hoben mich aus der Wanne, wickelten mich mit kameradschaftlicher Zärtlichkeit in ein flauschiges Badetuch und Zeyla sagte anerkennend:

»Du gut kämpfen, gutes Mädchen!«

Kanga, die kaum deutsch konnte, ging darüber noch hinaus und ergänzte:

»You should be a professional!«

Wonach mir nun klar wurde, daß die beiden wirklich in ihrer besonderen Disziplin ausgebildet worden waren. Sie hätten mich gnadenlos gekillt, wäre nicht Jeremy Ephrusso ihr Auftraggeber gewesen.

Ich sah mich um und stellte fest, daß wir uns nicht in dem Bungalow befanden, dort hatte ich das Badezimmer ja genügend kennengelernt, sondern auf einem Schiff, anders waren das sanfte Schwanken des Bodens und der leise Lärm eines großen Dieselmotors kaum zu erklären. Kanga und Zeyla brachten mich, nicht gerade im Polizeigriff, aber doch sorgfältig festgehalten, in einen kleinen Salon, vor dessen Bullaugenfenstern offenes Meer lag. Jeremy hatte sich also sogleich nach dem Raub empfohlen, er war gewiß der bessere Planer als der Freiherr von der Eulenburg.

Diesen erblickte ich in ziemlich kläglicher Verfassung in einem Schaukelstuhl (als ob das Schiff nicht schon genug schaukeln würde). Seine Hände waren hinter der Lehne auf eine Weise gefesselt, die ich nicht erkennen konnte. Melitta sah ich nicht, aber da sie an der Kellerschlacht ja nicht teilgenommen hatte, machte mich das nicht besorgt, im Gegenteil: Vielleicht war ihr die Flucht gelungen, die Zehntenscheune, in der sie Schmiere hatte stehen sollen, war ja ein sehr ausgedehntes Gebäude.

»*Eh voilà*« sagte Ephrusso, als er meiner ansichtig wurde, und er strahlte dabei über sein ganzes George-Hamilton-Gesicht. »Wie geht es Ihnen? Sie haben etwas zuviel von der scheußlichen Brühe geschluckt, die unter Buckland-Abbey herumschlabbert... Fühlen Sie sich einem Bowmore-Pure Malt gewachsen?«

Ich schüttelte mutlos den Kopf. Ich mußte gebrochen haben, oder man hatte mir nicht sehr sachgemäß den Magen ausgepumpt. Jedenfalls hatte ich kein anderes Verlangen als das nach einem Wärmekissen auf meinem schmerzenden Bauch. Es kam blitzschnell und Kanga, die es brachte, lächelte mich schwesterlich an. Vermutlich hatte ich mit meinen Unterwasser-Leistungen ihre Achtung erworben. Sie konnte ja nicht wissen, was ich beim Schatztauchen im Salzkammergut schon alles erlebt hatte, in Seen, die allerdings klareres Wasser aufwiesen.

Als ich auch noch eine große Thermoskanne mit Kamillentee neben mir stehen hatte, eröffnete Jeremy die Verhandlung mit dem Bemerken, daß er leider keine Zeit habe, unsere völlige Erholung abzuwarten.

»Es ist nämlich gerade das dümmste Mitglied Ihrer kleinen Crew entkommen, und niemand weiß, ob sie sich in ihrer Panik nicht dem erstbesten Constabler anvertraut«, sagte er, und ich begann, Hoffnung zu schöpfen. »Sie würde damit euch ebenso schaden wir mir und niemandem nützen, denn daß ich Sie umbringen lasse, wozu jederzeit die Möglichkeit bestanden hätte, das haben Sie doch hoffentlich keinen Augenblick lang angenommen.«

»Heidemaries Wiederbelebung stand auf der Kippe, Ephrusso!« warf Eugen wütend ein und ich dankte ihm mit einem Blick. »Ob das gut gehen würde oder nicht, konnten Sie nicht wissen.«

»Es hätte, wäre Miß Hirschmann ertrunken, keinerlei Spuren von Gewaltanwendung gegeben«, konterte Jeremy mit einem unangenehmen Lächeln. »Kanga und Zeyla sind Experten, und Experten sind teuer. Ich kann Ihnen also, gegen eine Verzichterklärung hinsichtlich aller weiteren Ansprüche, nicht mehr als 100000 Gulden pro Nase anbieten!«

Eugen stöhnte wütend, ich aber war so geschafft, daß ich sofort aufgab.

»Sagen Sie wenigstens D-Mark, Jeremy«, bat ich, »die steht etwas besser!«

»Ich erhöhe für Sie auf 100000 Schweizer Franken, Heidemarie, und als Schmerzensgeld erhalten Sie den Volvo, der steht auf dem Parkplatz von Berry Head, hier sind die Schlüssel...«, er griff in die Brusttasche, »...und hier die Papiere!«

Damit war ich raus, wie man beim Poker sagt. Zeyla schob mir ein mit Maschine beschriftetes Papier zu, auf dem ein Schuldanerkenntnis und die erwähnte Verzichterklärung kurz und deutlich in englischer Sprache formuliert waren.

»Das Papier soll nur mich schützen, eine Denunziation ist keineswegs beabsichtigt, weil dann ja auch ich tangiert wäre«, erklärte Ephrusso. »Buckland-Abbey gehört keinem privaten Besitzer, sondern dem National Trust, und das seit vierzig Jahren. Die Eigentumsverhältnisse an dem Münzfund wären nicht so einfach zu klären, weil Drake-Nachkommen noch leben und weil auch der Staat Ansprüche erheben würde. Ich nehme also ein großes Risiko auf mich, aber Risiko ist eben das, was mein langweiliges Millionärsleben ein wenig spannend macht. Und jetzt, bitte, geben Sie gut acht, Heidemarie...«

Ich gab acht, und wie, denn dieser seltsame Diamantenhändlerssohn zählte mir hundert knisternde Tausend-Franken-Scheine in den Schoß, das heißt, auf den weißen Flausch meines Badetuchs – hundert der schönsten Banknoten der Welt.

»Verlieren Sie keine Zeit, Heidemarie. Der Raub wird nicht heute entdeckt werden und nicht morgen; das Wasser ist längst über die Maueröffnung gestiegen, und Melitta wird sich ja hoffentlich erst an den Earl gewendet haben und nicht sofort an die Polizei…«

»Dazu ist auch ihr Englisch zu schlecht«, brummte Eugen, der seine Felle davonschwimmen sah. »Ich verlange übrigens auch für sie einen Anteil, es hätte wenig Sinn, sie zu verprellen, so daß sie irgendwann dann doch auspackt!«

Kanga brachte meine Kleider, dampfgebügelt und trocken. Ich legte das Häufchen Banknoten in das Badetuch, enthüllte mich großzügig ein letztesmal vor Eugen und Jeremy und stieg in meine Klamotten, nur mit dem Gedanken beschäftigt, ob ich den Volvo in England verzollen und verkaufen sollte oder in den Niederlanden, wo er zugelassen war. Dann ging ich mit Zeyla an Deck. Es war eine kleine, schmucke Yacht, sie ankerte in Sichtweite der Küste, aber außerhalb der Hoheitsgewässer, und das Beiboot hing an einem Tau unter dem Hintersteven.

»Ich fahre dich!« sagte Zeyla zärtlich, kletterte nach mir das Fallreep hinunter und drückte mir im Boot dann eine große Badetasche in die Hand.

»Da drin ist heiße Kamillentee«, erklärte sie, während sie den Motor startete, »und ist Flasche Bowmore Pure Malt… du trinken Whisky ja ohnedies immer ohne Eis, ist doch so, nicht?«

Knaur

Romane von Johannes Mario Simmel

(1393)

(1570)

(1731)

(2957)

Von Johannes Mario Simmel sind außerdem bei Knaur erschienen:

Bis zur bitteren Neige (118)
Liebe ist nur ein Wort (145)
Lieb Vaterland magst ruhig sein (209)
Alle Menschen werden Brüder (262)
Und Jimmy ging zum Regenbogen (397)

Foto: Isolde Ohlbaum

Es muß nicht immer Kaviar sein (29)
Der Stoff aus dem die Träume sind (437)
Die Antwort kennt nur der Wind (481)
Niemand ist eine Insel (553)
Ein Autobus groß wie die Welt (643)
Meine Mutter darf es nie erfahren (649)
Hurra, wir leben noch (728)
Zweiundzwanzig Zentimeter Zärtlichkeit (819)
Wir heißen Euch hoffen (1058)
Die Erde bleibt noch lange jung (1158)